D0925916

Autorretrato con mar al fondo

Autorretrato con mar al fondo

Mila Martínez

BARCELONA - MADRID

Cervantes, 2. 08002 Barcelona. Tel.: 93 412 52 61
Hortaleza, 64. 28004 Madrid. Tel.: 91 522 55 99
www.editorialegales.com

ISBN: 978-84-92813-46-9
Depósito legal: M-34932-2011

Diseño de cubierta y maquetación: Nieves Guerra

Imprime: Top Printer Plus. Pol. Industrial Las Nieves
C./ Puerto Guadarrama, 48. 28935 Móstoles (Madrid)

Para María, mi hermana.
Ella sabe.

ÍNDICE

Vida nueva

Patricia había dado por concluida su tarea de la tarde en el despacho y, durante el breve lapso de tiempo que transcurrió mientras el programa del ordenador se cerraba, estuvo pensando en cómo había cambiado su rutina. Desde que Sara regresó de Mozambique y reapareció en su vida, se habían esfumado las tardes serenas que acostumbraba a pasar en la biblioteca, así como la sesión de gimnasio que ponía punto final a cada jornada. Ardía en deseos de volver a casa y poder refugiarse en los brazos de su amante. Pensó asombrada en las transformaciones profundas que Sara había sufrido en los últimos meses, en cómo había hecho salir al exterior toda la pasión que encerraba su cuerpo y que, según sus propias palabras, siempre había encauzado hacia el trabajo. Se preguntaba a menudo cómo su actual pareja, criada en un convento y educada por monjas, había podido ignorar el potencial sexual que tenía hasta que ella entró en su vida poniéndola patas arriba. Se había dado cuenta enseguida de que era una mujer de naturaleza ardiente. Cada vez que se permitía recordar su primera relación salvaje en la selva de Mozambique un calor extremo la asaltaba; aquel encuentro las había marcado para siempre. Cuando Patricia regresó después de un mes de colaborar en aquellas tierras, Sara no quiso volver con ella. Esa relación suponía una ruptura demasiado grande de sus esquemas. Sin embargo, afortunadamente para Patricia, al cabo de unos días Sara se dio cuenta de que todo carecía de sentido si no estaba a su lado.

El programa terminó de cerrarse y Patricia se dispuso a salir del despacho. Ella debía de estar esperándola en casa y no quería perder más tiempo.

En la terraza del ático la brisa jugaba con los rizos de Sara, que intentaba apartarlos de su rostro desganadamente, mientras la mirada se perdía a lo lejos en el azul intenso previo al atardecer. Reparó con asombro en lo rápido que pasaba la vida. Hacía más de dos años que había abandonado el campamento de refugiados de Chupanga, en Mozambique, donde estuvo trabajando de enfermera durante varios meses. En realidad, no solo de enfermera, ya que prácticamente había hecho de todo. Patricia y ella se conocieron durante el viaje que realizaron juntas hasta aquel emplazamiento para desarrollar labores de ayuda humanitaria y allí les tocó vivir un sinfín de experiencias, algunas muy duras, que sirvieron para afianzar sus lazos.

Mecida por el suave viento que barría el mirador, Sara aguardaba a que su compañera volviera del despacho. Ella ya había terminado su jornada y, recostada con un té en la mano, se concentró en rememorar con añoranza el día en que por segunda vez decidió dejarlo todo y seguir los dictados de su corazón. El piso de Patricia disponía de unas vistas increíbles de la ciudad, incluso podía divisarse una franja de mar. Desde la hamaca donde Sara estaba echada rodeada de calas y aloes, en un rincón apacible del que el sol comenzaba a retirarse lamiendo perezoso la sedosa piel canela, sus recuerdos echaron a volar. Revivió el calvario interior que le tocó sufrir cuando Patricia se fue de Chupanga. Dos meses después de que ella desapareciera por la carretera polvorienta que partía del campamento, Sara llegó al límite de su resistencia y tomo la decisión de marcharse. Ya no tenía fuerzas para trabajar ni hambre para comer, y el sueño se negaba a visitarla por las noches, aquellas noches tan largas sin ella... No podía soportarlo. Era incapaz de vivir con la huella de sus besos en cada centímetro de la piel. Se despidió del doctor Fuentes, la excelente persona que la contrató para llevar a cabo el trabajo que siempre había soñado realizar en África. Fue el hombre que le permitió escapar del convento en el que vivía y que pasó a convertirse en un corsé que le impedía crecer. Le pidió perdón por abandonarlo todo después de lo que había hecho por ella, explicándole que necesitaba resolver un dilema personal y averiguar a qué se quería dedicar en realidad.

La misma tarde en que regresó a Valencia Patricia la convenció, ciertamente sin demasiado esfuerzo, para que compartiera su vida con ella. Incluso le había conseguido trabajo como matrona en la consulta de Pepa, una amiga ginecóloga. Recordó el instante en que, nada más poner pie en tierra, fue hasta un teléfono público para llamar a Patricia muerta de miedo. En aquel momento ni siquiera sabía si ella habría tomado otro camino, si aún la recordaría.

—¿Sara? ¡Dónde estás! —exclamó casi gritando.

Le dio un vuelco el corazón cuando oyó el tono ansioso de su voz. Todavía sentía algo por ella, pensó esperanzada.

Patricia debió de salir disparada hacia el aeropuerto en cuanto colgó el teléfono, pues tres cuartos de hora más tarde Sara la vio atravesar la puerta de la terminal buscando nerviosa entre el gentío. Era imposible no reconocerla en medio de la multitud. No solo destacaba por su estatura y su abundante melena, la energía que desprendía la hacía visible desde cualquier parte. Se dio cuenta de que sus arrebatadores ojos la estaban buscando. Siguió hipnotizada el ritmo de su pelo, ondeando sensualmente sobre los hombros a cada paso que daba. ¡Oh, Dios mío, cuánto la había echado de menos!, pensó, sintiendo que el mundo se detenía a su alrededor. Obligándose a despertar de aquel ensueño, se colgó la mochila a la espalda para acercarse a ella despacio, deleitándose en su imagen sin ser observada. Fue justo en ese momento cuando la mirada de Patricia se cruzó con la suya y una enorme sonrisa la envolvió. A Sara ni siquiera le dio tiempo a abrir la boca. Su amiga corrió hacia ella y la estrechó entre sus brazos, consiguiendo que se disiparan todas las dudas en aquel segundo.

—Estás aún más preciosa, te ha crecido el pelo... —susurró Patricia observándola de cerca, mientras enredaba entre dos dedos uno de sus rizos—. Vamos a casa.

En la terraza, Sara dio un sorbo a su té y comenzó a recrear en su memoria la escena que se había desarrollado inmediatamente después del encuentro.

El todoterreno estaba estacionado en una zona casi desierta del primer sótano del parking. Ella colocó la mochila de Sara en la parte de atrás y subieron al automóvil. En aquel espacio reducido, el aire quemaba entre las dos. Los ojos de Patricia viajaron desde las pupilas de su compañera hasta su boca, deteniéndose unos instantes allí como queriendo recordar con nitidez el primer beso electrizante, el beso de la rendición en la selva de Chupanga. Ninguna pudo resistirse a la tentación de reproducir la escena; aproximó sus labios a Sara, y esta paseó su mirada sedienta por los pequeños surcos que se dibujaban en la superficie jugosa. Rozó delicadamente la boca tierna, como aquella vez. En medio del silencio, que le permitía oír sus propios latidos desbocados, la recién llegada se preparó para recibir su esponjosidad, el terciopelo de su tacto, y se dejó arrastrar de nuevo por la sensación de estar al borde del abismo que la asaltó entonces. Su lengua cobró vida y, sin pedir permiso a su cerebro, se deslizó por los labios de su amiga humedeciéndolos, entreabriéndolos. Tomó conciencia de que estaba despertando a un león hambriento, la libido de Patricia, y en aquel instante ella misma sintió un fuerte tirón entre las piernas. Ahogando un gemido, la recibió dentro de su boca, se llenó de ella, reconoció con júbilo su sabor. Comenzaba a hacerle daño el simple roce de la tela en los pezones, y sabía que tampoco su amante podía detenerse. Le sorprendió, casi le dolió, la interrupción del beso cuando ella alargó el brazo hasta el lateral del asiento para, con un movimiento firme, reclinarlo hasta colocarlo en posición horizontal. Pudo observar su propio deseo reflejado en las pupilas dilatadas de Patricia. Los ojos verde esmeralda habían adquirido una tonalidad oscurísima.

—¿Aquí...? —se atrevió a preguntar, en un inútil amago de resistencia. Sus pulmones intentaban coger aire, asfixiados por la intensidad del encuentro.

—¿No te parece que ya hemos esperado demasiado tiempo? —respondió ella abrasándola con la mirada, a la vez que comenzaba a desabrocharle la camisa intentando no tocar todavía su piel, demorándose en cada botón con lentitud calculada.

Sara tenía la mente nublada y hacía rato que era consciente de la humedad bajo su pantalón. Se dio cuenta de que no le importaba en absoluto dónde estaba, ni quién pudiera verlas; solo deseaba sentir sus manos. En aquel momento ella había conseguido abrirle por completo la blusa y liberarla de la opresión del sujetador; los labios de Patricia se dispusieron a saborear golosos el hallazgo. Sara echó la cabeza hacia atrás, casi sollozando, al tiempo que sus dedos se introducían en un acto inconsciente en el pelo de su pareja. La tensión entre los muslos se iba volviendo insoportable. Sin pensar siquiera en lo que estaba haciendo, la apartó con brusquedad para poder desabrocharse; agarró a continuación la mano de Patricia, la mano grande y delicada que la había colmado tantas veces de placer, para guiarla entre sus piernas hacia el punto anhelante que la estaba martirizando.

—No tengas prisa, mi amor, disfrútalo —murmuró Patricia con voz ronca junto a su cuello mientras la acariciaba despacio, con la sabiduría que había adquirido al navegar por su cuerpo tiempo atrás.

Sara sabía que la necesidad de su compañera estaba llegando al límite enardecida por su propia urgencia, por el jadeo ostensible que no podía disimular mientras se asía a ella revelándole la proximidad del éxtasis. Con la mano libre Patricia se abrió la ropa y le ofreció el mismo regalo que estaba disfrutando. En el instante en que se sumergió en la seda resbaladiza de sus labios, Sara comenzó a emitir palabras incoherentes en su oído en medio de un trance ciego. Tenía claro lo que significaba para Patricia su voz, ella le había hecho saber cómo la hechizó la primera vez que oyó su cadencia. Guiándola con su murmullo y con los dedos ávidos, calientes, recorriendo sus zonas más sensibles, el placer explotó y se expandió como la lava de un volcán, arrasándolo todo. Las dos gargantas se desgarraron al unísono, con las caderas enlazadas en un baile ritual tan antiguo como el mundo. Un millar de ojos envidiosos podría haberse adherido a las ventanillas del coche, pero a ninguna de las dos parecía preocuparle lo más mínimo esa posibilidad, sumergidas en la burbuja que las transportaba desde aquel aparcamiento hasta la locura.

Tumbada sobre la hamaca, excitándose a su pesar, Sara fue consciente del sonrojo que había invadido de forma reveladora sus mejillas mientras recordaba aquellos momentos y tantos otros que se sucedieron en los meses posteriores. Durante los dos años transcurridos desde el reencuentro, la vida en común había sido un constante fluir de pasiones que ellas sublimaron escapándose a escenarios en los que su retina había grabado imágenes inolvidables: un aperitivo bajo el sol de la Piazza Navona, en Roma, aderezado por los ojos de Patricia devorándola brillantes de deseo; la primera vez que entró en Notre-Dame de París, agarrada con solidez a la mano de su pareja, para no perder el contacto con la realidad ante la explosión de tanta belleza; la panorámica embriagadora, que llegó hasta nublarle la vista, ofrecida por la torre Gálata de Estambul mientras se quedaba sin aliento al deslizar Patricia posesivamente el brazo por su cintura.

Sin embargo, en el fondo de su corazón seguía azotándola la nostalgia de Mozambique, del campamento en Chupanga y los niños correteando felices en medio del desastre, de las gentes generosas que le habían regalado su alegría, las canciones y su forma desenfadada de bailar. Y, cómo no, el recuerdo de la entrega arrebatada con el sonido de los tambores al fondo en su primera vez en la selva. No obstante, no podía arrepentirse del nuevo giro que había tomado su destino. Estaba totalmente loca por la mujer arrolladora que la había apartado del sendero que hasta ahora consideraba correcto. Toda su perspectiva ante la vida, el camino que se había construido con total renuncia a sí misma para entregar su tiempo y sus cuidados a los demás, esa vida que siempre presidió sus deseos, había cambiado de repente en tan solo un mes de convivencia con Patricia en aquella tierra embrujada.

En el momento en que Sara dejaba fluir sus recuerdos, convencida ya tras mucho discutir consigo misma de la perfección de su entorno, de que ese era definitivamente su lugar en el mundo, poco podía sospechar que un suceso iba a dar al traste con su recién afirmada seguridad.

Relatos de una conmoción

Eva

Salí esa tarde del despacho sintiendo cómo la irritación se iba apoderando poco a poco de mi ánimo, hasta el punto de que notaba el cansancio adherido al cuerpo en forma de latido doloroso en las sienes. Ya había terminado el trabajo más apremiante, me quedaba un tiempo valioso hasta la hora de la cena y no pensaba dejar transcurrir ni un solo segundo sin disfrutarlo con mi mujer. Renunciando a conectar el aire acondicionado, hice el recorrido con las ventanillas bajadas permitiendo que la brisa cálida de principios de verano alborotara todavía más mi despeinado habitual. Sentir el viento en la cara constituía un pequeño placer que mitigó mi malestar. Detuve el coche ante la valla, estiré el brazo para abrir con el mando a distancia la puerta del garaje y, de forma inmediata, escuché el sonido chirriante de la verja al desplazarse. En ese momento pensé que hacía tiempo que tenía que haber lubricado el mecanismo, pero una vez más lo había vuelto a olvidar. Aparqué el coche bajo la pérgola de madera y en dos zancadas alcancé el camino empedrado que conducía hasta la entrada. El sol de junio hacía reverberar las paredes encaladas intensificando el contraste con el verde refulgente del jardín. Tuve que entrecerrar los ojos porque la luz era cegadora. Recorrí el sendero con las llaves en la mano, observando con extrañeza la puerta cerrada a medida que iba aproximándome al zaguán. La casa mostraba una apariencia excesivamente tranquila, a pesar de la suave música que provenía del interior. Reconocí las notas de *Spring Time Ballet*, una de las románticas canciones de la banda sonora de *Bilitis* creada por Francis Lai; el tema que María utilizaba con el fin de construir el entorno mágico idóneo para volcar su inspiración en los lienzos. Esa música permanecía ya indisolublemente unida en mi cabeza a la imagen de María en trance, ejercitando una danza ceremonial con el movimiento de las manos empapadas en pintura, deslizándose, acariciando, golpeando sobre la tela.

Lo normal era que se asomara, prevenida por los sonidos del motor del coche y el portón, exhibiendo la sonrisa que siempre conseguía cargarme las pilas por muy cansada que llegara a casa. Pero esta vez no había ni rastro de ella. Me detuve ante la puerta y no pude evitar tener un mal presentimiento. Abrí despacio, dejando las llaves sobre el mueble del vestíbulo, y comencé a andar hacia el salón con cautela.

—¿María?

La llamé sin poder disimular la preocupación en la voz. El silencio por respuesta me encogió el estómago, estaba realmente asustada. Algo andaba mal, me dije. Sin embargo, mi mente a la defensiva no paraba de repetirme que la habría pillado en el baño. Con las piernas temblorosas avancé unos metros hasta descubrir la respuesta a mis temores tres pasos más allá. Lo primero que vi fueron sus piernas en el suelo, asomando detrás del sofá. Sus pies desnudos estaban inmóviles. Salté como si un resorte me hubiera impulsado varios metros y me dejé caer a su lado de rodillas. Sus largos bucles castaños reposaban sobre el parqué, y los músculos de su cara estaban relajados, en paz. Por su aspecto hubiera dicho que era una ninfa dormida, excepto por un detalle. Una mancha bermellón brillante se iba extendiendo desde el centro del abdomen, destacando escandalosamente entre la acuarela de múltiples tonalidades que manchaba la camisa blanca que utilizaba para pintar. Agarré por debajo el torso inerte, colocando los miembros flácidos en torno a mi cuello; quería levantarla, que se agarrara a mí en un abrazo imposible, pero comprobé con desesperación que una y otra vez volvían a caer lacios a los lados. Finalmente derrotada me senté junto a ella y la apreté contra mi pecho, acunándola. Fue entonces cuando mi alma desprotegida acusó el impacto de la imagen más desgarradora de mi vida: el gran charco de sangre que había bajo su cuerpo, la esencia de María derramada sobre el suelo. Mis ojos huyeron de manera automática hacia la pared y comencé a oír el eco de un sonido que no sabía de dónde venía, hasta que me di cuenta de que lo emitía mi garganta, repitiéndolo una y otra vez como un robot estropeado, mientras seguía meciéndola entre mis brazos.

—No, no, no, no...

Como si se tratara de una broma cruel, la música de Francis Lai continuaba sonando, acariciando el aire con sus notas brutalmente hermosas.

Mel

La niña correteaba por el salón mientras el pelo que enmarcaba su rostro se sacudía al ritmo de los cortos y atolondrados pasos. Yo era consciente de la sonrisa tonta que debía de estar dibujándose en mi cara. Dark, el pastor alemán que le regalamos cuando cumplió su primer año, la observaba aparentemente relajado pero con mirada atenta desde su lugar preferido para holgazanear, a los pies del sillón junto a la puerta que conectaba con el jardín. Sentada en el sofá, yo también la vigilaba por el rabillo del ojo mientras fingía escribir con el ordenador sobre las piernas. Desde que Alejandra nació, poco más de dos años atrás, me suponía un enorme esfuerzo hacer cualquier cosa que no fuera mirarla, estaba totalmente enamorada de sus ojos negros e inteligentes. La energía arrebatadora que emanaba de ese pequeño ser llenaba cada rincón de la casa. Me dediqué a contemplar, con la sonrisa idiota tatuada, cómo perseguía un balón casi tan grande como ella propinándole patadas alrededor de la mesa. Sin embargo, justo en el momento en que más inmersa estaba en el juego, algo la distrajo manteniéndola alerta, paralizada, hasta el punto de provocar que la pelota resbalara de sus manos para acabar rodando hasta el lugar más alejado del salón. Observé con una punzada de inquietud cómo el perro, despavorido, emitía un leve lloriqueo escabulléndose por el jardín con el rabo entre las patas, como si algo le hubiera aterrorizado. En aquel preciso instante la niña estaba quieta en medio de la estancia mirando fijamente hacia una esquina junto a la puerta principal.

—Hola —dijo con su vocecita alegre sin denotar ningún miedo.

Sentí que un estremecimiento recorría mi espalda, aparté el ordenador a un lado y la observé con más atención.

Alejandra sonreía hacia la pared, como si allí hubiera alguien conocido.

—¿Juegas conmigo? —dijo tras unos segundos, sin dejar de mirar hacia el lugar.

Me levanté del sofá con aprensión y me acerqué a ella.

—¿Con quién hablas, cariño?

—Con María —contestó, mirándome con carita inocente.

—Cariño, María está en su casa —dije despacio.

—No, está ahí —replicó, señalando con seguridad un punto frente a sus ojos.

Noté que se me erizaba el vello de la nuca. Sin apartar la vista de la esquina, fui hasta el teléfono y llamé inmediatamente a casa de mis amigas. Tras dejar transcurrir un tiempo sin obtener respuesta, lo intenté de nuevo con el móvil de María hasta que saltó el buzón de voz. Entonces decidí localizar a Eva, comprobando con gran desazón que tampoco contestaba al teléfono. Fue en ese momento cuando empecé a ponerme realmente nerviosa, aquello era muy raro. Lo único que me faltaba por hacer era pasarme por su casa, pero no podía dejar sola a la niña, ni mucho menos llevarla conmigo, así que finalmente llamé a la editorial.

—¿Carla?

—Hola, cariño, ¿sucede algo?

—¿Te falta mucho para terminar? Me gustaría que volvieras cuanto antes.

—¿Qué pasa? —preguntó alarmada.

—Creo que a María le ha ocurrido algo.

—¿Cómo?

—No puedo explicártelo ahora. Ven, por favor —dije con angustia mientras vigilaba a la pequeña, que me observaba alternativamente a mí y a lo que fuese que reclamara su atención en la esquina.

Colgué el teléfono y, agarrando a Alejandra en brazos, la senté sobre mis rodillas en el sofá.

—¿Te ha dicho algo María? —pregunté intentando disimular el temblor de mi voz.

—Que un hombre malo le ha hecho daño y quiere que vayas a su casa.

Me sentí morir. Volví a coger el teléfono e intenté de nuevo localizar a mis amigas sin ningún éxito. Ya no podía continuar sentada, comencé a caminar como una leona enjaulada por todo el salón evitando mirar hacia el punto que ella me había señalado. Fui consciente, de golpe, de que la niña me miraba seria a punto de echarse a llorar. También caí en la cuenta de que Dark continuaba desaparecido, escondido en algún lugar del jardín, lo que incrementó mi desazón ya que el perro difícilmente se separaba de ella.

—Anda, cariño, trae la pelota, vamos a jugar —dije forzando una sonrisa. Necesitaba distraer su atención y alejarla de la esquina.

La pequeña corrió hacia el balón, con la apariencia de haberlo olvidado todo, y me lo entregó. Se lo lancé desde una distancia prudencial y ella comenzó a reír intentando agarrarlo, volviendo a tirarlo hacia mí. Yo entonces fingí no poder alcanzarlo mientras me dejaba caer hacia atrás en el sofá. Las carcajadas de Alejandra resonaban por toda la casa, provocando que me tranquilizara un poco. Daba la impresión de que se había olvidado definitivamente de aquel rincón. Sin embargo, a la tercera vez que agarró la pelota, en lugar de lanzármela, se volvió rápidamente hacia la esquina y tiró el balón hacia allí. En ese momento ocurrió algo que me heló la sangre: con mis propios ojos observé petrificada cómo la bola regresaba de nuevo hacia los brazos de la niña sin haber rebotado previamente en la pared. Ella volvió a lanzarlo hacia mí, pero yo estaba tan conmocionada que no fui capaz de mover un solo músculo. Ni siquiera acusé el golpe de la pelota al chocar contra mi abdomen, que se encontraba encogido por el terror. Afortunadamente el familiar ruido de la llave en la puerta frenó en aquel instante mi pánico. Carla apareció con cara de preocupación y el instinto la empujó, nada más entrar, a agarrar a la pequeña y estrecharla contra su pecho.

—¿Qué pasa, cariño? —me preguntó procurando controlar el tono para no asustar a la niña, mientras se acercaba con ella en brazos para besarme.

Respondí fugazmente a su beso y me dirigí hacia la puerta, siendo consciente de que se ponía más nerviosa al ver el color ceniciento de mi cara.

—Me voy a casa de Eva y María. Estoy muy preocupada, no me contestan en ningún teléfono. Te llamaré en cuanto sepa algo —dije, saliendo como una exhalación.

Me sentí fatal al irme de aquella forma y más aún al dejarla a solas con nuestra hija y con lo que fuese que se había instalado en nuestro salón, pero no se me ocurría qué otra cosa podía hacer. Conduje en paralelo al paseo marítimo con un nudo en la garganta, apretando el acelerador a fondo, de manera que en un breve lapso de tiempo me encontré frente a la casa de mis amigas. Los peores presentimientos comenzaron a materializarse ante mis ojos: la valla de la entrada estaba bloqueada por un coche de policía con las luces encendidas. Estacionados a su lado pude ver una furgoneta de atestados y un sedán negro que incrementaron la sensación de pesadez que ya se había apoderado de mi estómago. Aparqué junto a ellos sintiendo que un miedo horrible empezaba a helarme los huesos; bajé del automóvil y comencé a andar con paso lento hacia el agente que hacía guardia en la puerta, al tiempo que mi mente parecía querer correr en dirección contraria. El hombre me detuvo de inmediato.

—No puede pasar, ¿quién es usted?

—Soy una amiga. ¿Qué ha sucedido? —dije con un hilo de voz.

—¿Puede decirme el motivo de su visita? —me preguntó observándome con interés.

—Vengo a ver a Eva y María. Vivo cerca... —contesté, fingiendo naturalidad.

—¿Me enseña su documento de identidad?

Saqué mi cartera y mostré mi documentación al policía.

—Acompáñeme —contestó el hombre, devolviéndome el DNI.

Juntos nos internamos por el sendero que conducía a la vivienda. Al traspasar la puerta sentí que algo se desgarraba en mi interior en cuanto vi a Eva. Sentada en un sillón, permanecía en silencio con la cara blanca como la cera y la mirada perdida mientras los agentes que habían invadido su hogar la interrogaban. Daba la impresión de que nada de lo que decían alcanzaba su cerebro. Sin embargo, como si hubiera sentido mi presencia, giró la cabeza hacia mí y se levantó de inmediato. En aquel momento percibí con horror que su camisa estaba visiblemente manchada de sangre a la altura del tórax. Eva vino hasta mí y la abracé en silencio, notando que comenzaba a llorar sin estridencias emitiendo apenas un quejido leve, aunque presentía que un volcán estaba a punto de estallar en el pecho que se apretaba contra el mío. En cuestión de segundos su llanto empezó a crecer en oleadas hasta convertirse en un grito desgarrador que helaba la sangre. No podía sujetarla, se me escurría de los brazos.

Yo tenía la sensación cada vez más fuerte de estar viviendo dentro de un mal sueño.

Mi mirada se mantenía fija en el parabrisas. Estaba intentando centrarme en el haz de luz de los faros para no pensar. Abrazaba con fuerza, por miedo a que con el movimiento del coche me resbalara de las manos, la urna funeraria con las cenizas de María que custodiaba sobre el regazo. Mel, al volante, me miraba de vez en cuando de soslayo. Imagino que sospechaba que podía desmoronarme antes de llegar a nuestro destino. Sin embargo yo no tenía la menor intención de hacerlo, sino un objetivo claro que iba a cumplir a toda costa. Por ella.

En el asiento de atrás, como si hubieran llegado a un acuerdo tácito, Patricia, Carla y Sara permanecían en silencio. Aunque el ambiente era tenso, lo prefería así. Hubiera sido impensable soportar cualquier tipo de conversación en esos momentos. Veía por el retrovisor cómo Carla se volvía hacia atrás, de cuando en cuando, para constatar que el coche en el que viajaban Fran e Iván nos seguía a pocos metros.

A pesar de que me pareciera increíble, estaba consiguiendo alejarme del dolor durante unos instantes, aferrándome a mi mente cáustica, que se empeñaba en pasearse por las imágenes recién vividas en el sepelio. Estaba claro que nunca había disfrutado de una relación idílica con mi familia política. Los padres de María jamás entendieron que ella se hubiese enamorado de una mujer; no obstante, la educación que habían recibido les impedía rechazar la situación abiertamente. Preferían fingir que aquello no existía, aunque lo tuviesen delante de las narices. En los encuentros anuales a los que me veía obligada a acudir desde el comienzo de nuestra relación, la cortesía sin afectuosidades hipócritas se había convertido en la tónica general. De ahí que la ceremonia que se había celebrado hacía unos minutos me dejara una sensación de vacío aplastante. La madre de María, de negro de la cabeza a los pies, decidió ausentarse a un supuesto mundo interior, permaneciendo con la mirada perdida sin reparar en nada de lo que allí estaba sucediendo. Desde un lugar apartado en la segunda fila, elegido voluntariamente por mí, observé cómo su padre, convertido de un día para otro en un anciano encorvado de piel traslúcida, recibía cual autómata la avalancha de condolencias de los asistentes. Yo ni siquiera conocía a la mayoría de las personas que desfilaban ante ellos y, la verdad, tampoco me importaba. Estaba allí por ella y por lo que me había comprometido a hacer. La hermana mayor de María, que había procurado posicionarse siempre a una distancia fríamente cordial, hizo acto de presencia junto al marido blandiendo su capacidad organizadora para demostrar que podía tomar las riendas de la familia. Como me había venido ocurriendo desde el día en que la conocí, no pude adivinar cuáles eran sus verdaderos sentimientos detrás de la máscara que se había autoimpuesto. Me forcé a asistir a todo aquello como si fuera una mera observadora, sin dar permiso a uno solo de mis músculos para revelar el dolor que amenazaba con ahogarme. Por fortuna, al terminar la ceremonia y como premio a mi invisibilidad, interpretada erróneamente como respeto hacia ellos, ninguno se atrevió a interponer reparo alguno cuando reclamé la propiedad de las cenizas de María. Tenía claro que los últimos veinte años de convivencia me habían cargado de razones y, además, no querrían enfrentarse a una demanda por mi parte.

En ese momento únicamente quería pensar en la promesa que me obligó a hacerle hacía mucho tiempo y que me disponía a cumplir. Llevábamos un rato circulando por la autopista hacia el sur, rumbo al lugar que ella eligió. Me permití recordar el día en que había silenciado con sus besos todas mis protestas y reticencias, obligándome a oír los detalles de la despedida que le gustaría tener porque sabía que odiaba hablar de esas cosas. Yo siempre había defendido que, cuanto más alejado se encontrara mi pensamiento del tema de la muerte, muchísimo mejor, pero aquella tarde se puso seria y no me dejó otra opción que escucharla. Dentro del coche la petición de María repiqueteaba en mi mente, palabra por palabra, sin permitirme olvidar ni una coma. Tal como ella decidió, íbamos todos vestidos de blanco y nos dirigíamos hacia el lugar que guardaba celosamente uno de los mejores recuerdos que habíamos compartido a lo largo de nuestra vida. Al cabo de un tiempo abandonamos la autopista y continuamos por una carretera que ascendía la montaña paralela al mar. Hice una señal a Mel para que se desviara por un atajo, internándonos un trecho hasta desembocar en el recodo de una carretera transversal donde había espacio suficiente para aparcar los dos vehículos. La noche era luminosa, con la luna brillante en lo alto dejándonos ver con nitidez por dónde caminábamos sin necesidad de linternas. Mel abrió el maletero y sacó una pequeña mochila y una nevera que Iván se ofreció a portar de inmediato.

—¿Por dónde vamos? —me preguntó Fran.

—Por allí —señalé con la cabeza, guiándoles de nuevo hacia el camino angosto que habíamos recorrido con el coche.

Formando una blanca comitiva, conmigo a la cabeza, comenzamos a andar por el sendero que estaba delimitado a ambos lados por una interminable valla de brezo y ocultaba a los ojos curiosos el contenido de lo que, en aquel momento, sabía únicamente yo. Me detuve ante una puerta metálica en medio del cercado que podía pasar desapercibida con facilidad si no se conocía su existencia. Noté que todos esperaban expectantes ante la posibilidad de que estuviéramos a punto de violar una propiedad privada y de que la entrada pudiera estar cerrada con candado. Sin embargo, mi mano no dudó ni un solo segundo en hacer presión sobre la cerradura, que cedió de inmediato con un ligero chirrido. Al cruzar la frontera misteriosa los demás pudieron descubrir, con la claridad que la luna nos proporcionaba, que la valla tan solo ocultaba un frondoso bosque de pinos. Durante el descenso, los fui guiando por una senda escarpada que dejó patente la inexistencia de edificio alguno que pudiera sentirse amenazado por nuestra incursión. Continuamos adentrándonos con cautela por el camino empinado y zigzagueante entre los árboles, y constaté con alivio que en algún tramo todavía pervivían los escalones tallados en la piedra que hacían la bajada más llevadera, aunque la pinocha suelta seguía multiplicando los riesgos. El resplandor de la luna arrancaba destellos blancos de nuestras ropas, dando un toque fantasmal y mágico a la procesión silenciosa que discurría hacia el mar. Seguimos juntos por la senda que iba serpenteando entre árboles y monte bajo ocultando en cada giro la visión del horizonte marino, para ver surgir ante nuestros ojos en el recodo siguiente la majestuosidad del paisaje tamizado por la luz nocturna. Al cabo de un rato comenzamos a vislumbrar el final del recorrido que desembocaba en una cala pequeña y desierta sembrada de cantos redondeados; la pequeña playa que había sido testigo y escenario de nuestro amor. Me quedé unos instantes admirando la forma en que las piedras eran lamidas sensualmente por el mar cristalino y proyectaban en nuestras pupilas los reflejos plateados de la luna. Luego les conduje hasta un espacio a unos metros del agua y les indiqué que aquel era el lugar. Mel sacó de la mochila una manta, siete velones blancos y ocho copas de cava. Carla la ayudó a extender la tela encima de los guijarros y yo tuve que desprenderme por primera vez de la urna para colocarla en el centro. Poco a poco, fuimos encendiendo las velas para encajarlas entre las piedras a nuestras espaldas hasta formar un círculo llameante alrededor. Fran extrajo de la nevera una botella de champán y, descorchándola, llenó una a una las copas, incluida la de María, que descansaba junto a la urna. El brindis fue conjunto y silencioso y cada uno de nosotros apuró su bebida hasta el fondo. A continuación agarré la copa de María con firmeza y la levanté hacia el manto estrellado que nos observaba, pronunciando en voz queda un escueto «para ti» antes de llevármela a los labios y vaciar su contenido de un sorbo. Procurando con todas mis fuerzas que nadie descubriera mi mirada vidriosa, me puse en pie y volví a apoderarme de la urna. Me decidí por fin a contemplar a mis amigos, cuyos ojos resplandecían con un brillo irreal a causa del movimiento cimbreante que la brisa infligía al fuego de los cirios. Patricia se aferraba a su copa con la vista hundida en el centro de la manta; Sara la proyectaba a lo lejos, hacia el horizonte; los ojos de Carla estaban clavados en la urna que yo sujetaba entre los dedos, como si esperara ver surgir a María de su interior en cualquier momento; Iván hacía verdaderos esfuerzos por contener el llanto parpadeando sin cesar. Tragué saliva al comprobar que por las mejillas de Mel y Fran descendían regueros silenciosos de lágrimas que ni siquiera intentaban disimular.

—Es la hora —anuncié, esperando que mi voz hubiera sonado firme.

Me separé de ellos dirigiéndome a la orilla, pisando con cuidado sobre los cantos, y ni siquiera me permití pestañear cuando el agua me mojó las zapatillas. Avanzando lentamente, centímetro a centímetro, iba sintiendo el mar tibio que me burbujeaba en los tobillos, que comenzaba a empapar mis pantalones ascendiendo hasta las rodillas y que, en décimas de segundo, alcanzó mi cadera; la camiseta blanca empezó a adherírseme al abdomen y solo me detuve cuando el agua rozó mi pecho. A mi pesar, las imágenes de la última vez que estuve allí con María asaltaron mi mente, atrapada entre las aguas traslúcidas acariciadas por la luna. Vi su piel cálida abrazada a la mía, sentí con intensidad cómo me iba conduciendo con sus besos hacia la orilla, hasta que mi espalda reposó contra las piedras. Volví a percibir la superficie de los guijarros que se acoplaban a mi cuerpo, desgastados por el embate continuo del agua, y sucumbí a la profundidad de su mirada; apareció de nuevo ante mí la tez sedosa perlada de pequeñas gotas de mar, y recordé cómo había admirado la forma en que cada una de esas diminutas partículas encerraba los matices de la luz nocturna y mágica. Mis manos acariciaron los bucles húmedos que caían sobre sus hombros y me sumergí en el universo de sus ojos azules, que me observaban inmutables mientras nos mecíamos con el vaivén de las olas, desafiando al mar, retándolo al crear un oleaje propio e íntimo, hasta que ya no pudimos mantener la vista fija y los párpados se entrecerraron.

Y entonces lo hice. Abrí la urna y dejé volar el polvo que había sido su cuerpo sobre el espejo de agua, permitiendo que María abrazara para siempre el mar que tanto amaba.

Mel

Todo lo que rodeó la muerte de María fue una auténtica pesadilla. Tras la ceremonia de despedida llevé a Eva a mi casa, no podía consentir que se quedara a solas en el escenario del crimen; pensé que era demasiado pronto para que se enfrentara a su vida en solitario sin ninguna ayuda y pude constatar que estaba en lo cierto. Al principio Carla y yo apenas conseguimos que se levantara de la cama, ya que se había aferrado a las pastillas para no permitirse pensar más de lo necesario. Sin embargo, paso a paso, fue buscando su lugar en el mundo. Yo sabía que era una luchadora, así que no me sorprendió en absoluto cuando dejó a un lado el dolor y la depresión para dar la bienvenida a la furia. La verdad es que ninguno de nosotros entendíamos el porqué de lo que había ocurrido y Eva decidió concentrar toda su ira en un mismo fin: encontrar el motivo. Tan solo una pregunta se agolpaba en su cabeza martirizándola, no dejando sitio para nada más: ¿por qué?, ¿por qué no se habían llevado nada?, ¿por qué alguien había querido hacer daño a María? Me dijo que necesitaba respuestas y estaba convencida de que solo las podría encontrar si volvía al lugar del asesinato y se enfrentaba a sus recuerdos. No tuve más remedio que darle la razón.

Yo no había querido contarle por qué había acudido a su casa en el preciso instante en que todo acababa de suceder, persuadiéndola de que pasaba casualmente por allí cuando vi a la policía en la puerta. Por supuesto tampoco le referí la conversación que había mantenido con la niña, pensé que no hacía falta más desconcierto en su vida. Sin embargo, sí me vi obligada a explicárselo a Carla, quien había sido testigo de mi salida despavorida a la búsqueda de nuestras amigas. Las dos éramos conscientes de que nuestra hija era muy especial, pero aquel día descubrimos hasta qué punto.

Carla y yo habíamos hablado decenas de veces intentado descifrar el motivo de la muerte de María. Las palabras de la pequeña nos habían dado una pista, pero aun así no podíamos comprender el porqué. Un hombre malo le había hecho daño, me dijo Alejandra. A ninguna nos cabía en la cabeza que alguien odiara a María; sin embargo, la policía había concluido que no se trataba de un robo. Quienquiera que hubiera sido la había matado y se había marchado sin tocar nada de la casa. Mientras seguía debatiéndome entre contarle a Eva lo revelado por nuestra hija o guardar silencio, volvían una y otra vez a mí las imágenes de aquel día. El simple recuerdo de lo sucedido me provocaba escalofríos, con lo que opté por no volver a rememorar el incidente. Llegué a la conclusión de que tampoco iba a aportar nada fundamental para esclarecer los hechos; además ya había transcurrido algún tiempo desde la muerte de María, y Alejandra no había dado muestras de ningún otro comportamiento extraño. Me convencí de que ese tipo de sucesos había acabado y, sin poder evitar cierta angustia, acompañé a Eva de vuelta a su casa constatando con alivio que todo estaba limpio y sin huellas de lo acaecido.

Cuando Eva entró en el salón pude darme cuenta de los grandes esfuerzos que había tenido que hacer para no desmoronarse. A pesar de su apariencia dura y de su obstinación en descubrir la verdad, la conocía muy bien y sabía que se encontraba al borde del abismo; el temblor de manos al abrir la puerta la delataba. Recorrimos juntas cada rincón de la casa y, aunque no nos dijimos nada, estaba claro que ninguna de las dos acababa de creerse la ausencia inevitable de María. Eva me condujo finalmente hasta el gran estudio donde había estado trabajando por última vez, la estancia bien iluminada por un ventanal inmenso que ocupaba la pared oeste. Un lienzo enorme sujeto al muro frontal mostraba algunos trazos de lo que aspiraba a ser un horizonte marino y una silueta resaltada en primer plano. En el cuadro inacabado podía verse claramente la huella de las manos de María sobre la superficie blanca. Sentí una presión en la garganta que me ahogaba, un nudo que pugnaba por salir y deshacerse en ríos por mis mejillas, pero no podía permitírmelo, no delante de Eva. Me volví automáticamente hacia ella para leer sus sentimientos en el rostro pétreo que se había fabricado y tragué saliva; sus ojos, del color del ébano, recorrían cada rincón de la habitación como el haz de una linterna, analizándolo todo con minuciosidad, intentando captar cualquier detalle que la policía hubiera pasado por alto. En aquel momento admiré su entereza, su capacidad para sobrevivir aferrándose a lo que aún tenía, con la presencia de María en cada objeto recordándole que ya no estaba.

Eva

A pesar de la insistencia de Mel en quedarse conmigo la primera noche para hacerme compañía, conseguí convencerla de que me dejara enfrentarme en solitario a la enorme casa llena de recuerdos. Una vez a solas, me arrellané en el sillón con un whisky en la mano, cerré los ojos y llamé a María en silencio. De forma inmediata sucedió algo prodigioso: pude oler su perfume inconfundible, cuya esencia encerraba aromas de coco con suaves toques de canela, y la fragancia me envolvió al instante al tiempo que un soplo cálido en forma de beso se paseó por la zona más delicada de mi cuello. No me detuve a intentar comprenderlo: me dejé llevar y continué sintiéndola alrededor mientras llegaba hasta mí desde el fondo del salón la música que acababa de elegir; era una canción que siempre me había encantado, interpretada por la voz rota de El Cigala y las manos de Bebo Valdés al piano: «... *sufro la inmensa pena de tu extravío, siento el dolor profundo de tu partida, y lloro sin que tú sepas que el llanto mío tiene lágrimas negras, tiene lágrimas negras como mi vida...».*

No sé cuánto tiempo transcurrió desde que caí sin sentido abrazada a uno de los cojines ocres del sofá, hasta que desperté entumecida y con media botella vacía recriminándome desde la mesa baja de café. Un tanque me estaba pisoteando la frente y mi estómago vacilaba inseguro. Alcé la cabeza con desconcierto al percatarme de dónde me encontraba y el recuerdo me machacó los huesos: había estado soñando con ella. Me puse en pie y avancé zigzagueando por el pasillo, sin poder evitar que mis pasos se detuvieran ante el estudio luminoso recientemente abandonado. Seguí mi marcha con la intención de llegar hasta el baño contiguo, pero algo en mi retina había mandado una alarma a mi cerebro adormecido. Desanduve el camino y observé atentamente el cuadro desde la entrada para corroborar que había algo extraño. A medida que me aproximaba, mis pupilas iban dilatándose de excitación. Donde el día anterior solo existía una silueta se podía percibir con claridad la pintura alrededor de la cabeza formando una franja de color castaño: el pelo comenzaba a insinuarse. Aquello era imposible, pensé. Mi mente decidió que debía haberse equivocado la última vez que había contemplado el lienzo y, en conclusión, aquellas marcas ya estaban allí. Sin embargo, desconfiada, me retiré hacia atrás para verlo en perspectiva y volví a descubrir con asombro otra cosa que no recordaba: en el horizonte marino se podía apreciar claramente la línea de espuma rematando la cresta de una ola. Me pareció increíble que no lo hubiera visto antes. Acercándome lo suficiente distinguí con nitidez el contorno de una mano formando el trazo. Todo el mundo sabía que María trabajaba directamente sobre la tela sin utilizar pinceles. Mi cabeza aterrorizada construyó una idea con rapidez: debí de beber más de la cuenta y antes de dormirme intenté acabar el retrato. Resolví a la defensiva que se trataba de eso y, con el fin de autoconvencerme, acerqué mis dedos y los posé con cuidado sobre la huella aún fresca de aquella palma furtiva. María tenía las manos mucho más pequeñas que yo, por lo que pude comprobar en un instante que aquello no encajaba. La idea absurda a la que había pretendido aferrarme desesperadamente se acababa de convertir en humo. Di media vuelta y me dirigí al cuarto de baño. Había llegado a la conclusión de que necesitaba una ducha y dos aspirinas.

María

Abrí los ojos, pasándome una y otra vez la yema de los dedos por los párpados pesados, pero la imagen borrosa que mis pupilas intentaban captar no terminaba de desempañarse; me sentía como si acabara de emerger de un sueño profundo y oscuro y no consiguiera despertarme del todo. Probé a centrar la vista en algo pero tenía la sensación de estar nadando en un fluido lechoso, como si el aire en torno a mí se hubiera vuelto viscoso como mercurio. De hecho, el surtido de colores que mi cerebro traducía se limitaba a una gama de grises. Sin embargo me sorprendí al descubrir que no estaba asustada, tan solo sentía curiosidad por averiguar qué lugar era aquel. Era consciente de mí misma, pero advertí que algo raro sucedía con mi cuerpo físico aunque no sabía a ciencia cierta de qué se trataba; podía desplazarme sin dificultad, es más, parecía inusualmente liviana, me movía con demasiada rapidez por aquel espacio extraño. Cuando pude adaptar la mirada al entorno traté de averiguar hasta dónde se extendía el desierto plomizo que me rodeaba. Sin embargo, por más que me alejara en una u otra dirección, creía encontrarme en un área inhóspita a pesar de que la sensación era totalmente la contraria. Tenía la sospecha de que no estaba deshabitada en absoluto. Todo ello me llevó a recordar cierto libro de ciencia ficción de mi niñez en el que los personajes vivían en un planeta ingrávido, lejano a la Tierra, en donde cada movimiento se veía correspondido por un resultado exponencial; el simple desplazamiento de un pie provocaba un salto difícil de controlar. Aquello me estaba resultando inverosímil. No obstante, aunque la percepción espacial era inmensa, tampoco disponía de las referencias necesarias para calibrar con precisión ni la distancia alcanzada ni la trayectoria seguida. De forma inesperada, durante uno de mis recorridos experimentales descubrí la existencia de una frontera material dentro de aquel escenario; creí haber encontrado la puerta que había estado buscando con ansia y que me permitiría escapar del sueño surrealista que se extendía por doquier. Ante mí, careciendo de límites físicos abarcables con los ojos, se alzaba un muro de una sustancia más densa que la viscosidad circundante, a modo de pantalla de plasma monstruosa formada por células vivas que parecían retorcerse, ondear como un mar vertical de plata oscura. Extendí una mano insegura hacia aquella pared y me sorprendí al atravesarla sin dificultad. El miembro desapareció de mi vista hasta el codo, sobresaltándome al percibir la diferencia de temperatura al otro lado de aquella barrera. Tras ese muro hacía calor. Retiré el brazo de forma instintiva observándolo con detenimiento, pero no conseguí descubrir nada extraño tras aquella incursión irresponsable en lo desconocido. Envalentonada ante el resultado, fui introduciendo poco a poco la cabeza en la masa aparentemente opaca. Cuando la hube sumergido hasta el cuello, una imagen sorprendente apareció ante mis ojos: el paisaje borroso de tonos grises dio paso a una claridad absoluta llena de matices de color. Una habitación amplia cubría mi campo de visión. Estaba en mi estudio. Su luminosidad se abría ante mí permitiéndome el reencuentro con todo lo que me era conocido. Recorrí con la vista la decena de cuadros todavía sin enmarcar, apoyados verticalmente unos sobre otros contra dos de los muros, el gran escritorio donde ideaba mis bocetos, los recipientes de pintura esparcidos por distintos puntos de la habitación y, al fondo, el lienzo blanco con algunos trazos iniciados que ocupaba casi toda la extensión de la pared. Era el último cuadro en el que estaba trabajando. Un pálpito angustioso me asaltó y tuve la necesidad imperiosa de saber dónde estaba Eva. No dudé ni un segundo en separarme por completo del plasma y comenzar una búsqueda ansiosa por todas partes pasando de una a otra estancia con la total y extraña sensación de ir flotando. Me detuve instintivamente ante el sofá inmenso de tonos ocre cubierto de almohadones y centré mi atención en la pared frente a él. El paisaje que tantas veces había mirado, la imagen de la playa desnuda que presidía nuestro salón, parecía saludarme desde el muro diciéndome: «Estás en casa». El horizonte del cielo se fundía en el azul profundo de un mar que quería aproximarse al observador para lamer una pequeña franja de arena blanquecina a sus pies. Eva adoraba aquel cuadro, uno de los primeros que pinté cuando comenzamos nuestra relación. Bajé la vista hasta la mesa de té junto al sofá, fijándome en la línea sinuosa dibujada por el pequeño rastrillo sobre el diminuto jardín zen colocado a un lado. Estaba tan ilusionada al reconocer todos aquellos pequeños detalles familiares que no me había dado cuenta de que ella estaba allí. Hasta aquel momento creí estar todavía inmersa en un sueño, pero, como un destello, todo se hizo claro en mi cabeza. Eva estaba sentada en el suelo abrazando algo contra su pecho. Grité pero ni siquiera me oyó, concentrada en mecer mi cuerpo, acunándolo mientras repetía «no» como una autómata con los ojos fijos en la pared. El horror me envolvió e intenté absurdamente hablar con ella, tocarla, hacerle comprender que estaba ahí, pero no conseguí siquiera que apartara la vista del muro que continuaba mirando de manera obsesiva. Sentí que debía explicarle lo que había ocurrido, contarle que aún estaba a su lado, despedirme. No había podido decirle adiós, pensé, y entonces fui consciente de que la música que tantas veces me había acompañado mientras pintaba, aquella música inoportunamente romántica, continuaba sonando por toda la casa.

Desde aquel instante tuve claro mi objetivo y centré toda mi energía en comunicarme con Eva, tenía que decirle tantas cosas... Necesitaba desesperadamente darle un último beso, volver a amarla, insuflarle la fuerza que precisaba y, después, enseñarle a vivir sin mí.

Al cabo de un tiempo fui consciente de estar experimentando algunos avances fruto de mis esfuerzos para contactar con ella, aunque no era nada fácil en mi situación. Durante el transcurso de mis incursiones averigüé que podía manipular la energía, influir en la materia de alguna forma para crear cambios ligeramente perceptibles, podía mandar pequeños mensajes. Cuando me di cuenta de que Eva no podía oírme, perdida dentro de su propio dolor, me acerqué hasta casa de Mel y encontré el milagro que había estado buscando: Alejandra. Aquella diminuta maravilla me veía y me escuchaba. Sin embargo era demasiado pequeña y no quería acabar asustándola. Pensé en comunicarme con ella solo cuando fuese indispensable. A partir de aquel momento invertí todos mis esfuerzos en conseguir que Eva supiera que estaba allí, que no la había abandonado. Había velado sus sueños, respirado junto a su oído, sentido su desesperación. Y al fin, tras mucho probar, creí haber hallado el camino para llegar hasta ella. Decidí concentrarme en algo que estaba dando resultados: acabar de pintar mi último cuadro. Eva se estaba percatando de que algo ocurría, aunque creo que mis aproximaciones habían conseguido perturbarla más que otra cosa; cada vez que me acercaba sentía su pavor. No obstante era la única forma de hacerle saber que permanecía con ella. Además no dejaba de dar vueltas en mi cabeza una idea obsesiva mucho más difícil de ejecutar, algo que debía poner en práctica para descubrir de una vez por todas si era capaz de cumplir mi objetivo. Justo en aquel momento tenía delante la oportunidad de oro que había estado aguardando: acababa de sonar el timbre de la puerta exterior de nuestra casa. Aún la consideraba nuestra casa, no podía evitarlo, ya que de alguna forma continuaba viviendo entre sus paredes con Eva, la mujer de mi vida. Una ola de excitación me sacudió cuando comprobé quién acababa de llegar. Pensé que sería perfecto, tenía que serlo.

—Hola —dijo Patricia con suavidad en cuanto Eva abrió la puerta.

—Hola —contestó Eva lacónicamente, haciéndose a un lado para dejarla pasar.

La recién llegada se internó silenciosa en la casa; parecía encontrarse incómoda ante aquella situación. Imaginé que se sentía en la obligación de hacerle una visita, pero una vez allí no sabía muy bien qué decir. Eva y ella eran compañeras de trabajo y en los últimos dos años habíamos tenido una relación un poco más estrecha, ya que se había incorporado a nuestro grupo de amigos junto a Sara; pero por mucha que fuera la confianza comprendí que era una circunstancia difícil. En cuanto Eva cerró, vi cómo Patricia apretaba su brazo en un gesto inseguro que pretendía ser afable.

—¿Cómo estás? —preguntó con cautela.

Se volvió hacia ella sin contestar, su mirada opaca y ojerosa lo decía todo. Me desgarraba verla así, debía de estar sufriendo muchísimo.

—¿Quieres beber algo? Yo sí —dijo dirigiéndose a la cocina sin esperar respuesta.

Patricia la seguía de cerca sin hablar, observándola mientras ponía hielo en dos vasos y sacaba del mueble-bar la botella de whisky. Miré a Eva con atención: me daba la impresión de que había envejecido varios años. Algunas arrugas nuevas parecían surcar su frente y el contorno de sus ojos y también había bajado de peso. Ella era de constitución delgada, pero siempre tuvo un aspecto esbelto y fibroso. En aquel momento constaté con pesadumbre que la carne parecía haber menguado bajo la camiseta negra que la cubría. Contemplé con ternura cómo depositaba los vasos y la botella en la mesa de té, la forma en que se sentaba desganadamente en el sofá comenzando a servir el líquido con lentitud, tomándose su tiempo, como si no hubiera nada más importante para ella que esa ceremonia. Acomodándose a su lado, Patricia aceptó la bebida que le acababa de ofrecer permitiéndose un trago largo para calmar, presumí, su propio nerviosismo.

Supe que aquel era el momento, mi oportunidad. Patricia aparentaba estar más relajada. Me coloqué a corta distancia sobre su cabeza, concentré mis sentidos como cada vez que atravesaba la pared de plasma, respiré hondo y entré. Al principio me sentí un poco extraña, hacía calor, me costaba centrar la vista y todo movimiento resultaba complicado, como si estuviera a los mandos de un Boeing. Aquel cuerpo era muy distinto al mío. Me miré las manos, tan grandes y fuertes, y decidí maniobrar los músculos que ahora me pertenecían, ya que su consciencia parecía haberse replegado sin oponer ninguna resistencia a mi incursión. La curiosidad me hizo observar con atención aquellos dedos ajenos mientras dejaba el vaso sobre la mesa con sumo cuidado, y me di cuenta de que podía controlar los movimientos de mi armazón sin demasiada dificultad. Bueno, debería hacerlo rápido, pensé, ya que no sabía cuántos minutos podría permanecer en ese estado. Me armé de valor y me volví hacia mi pareja.

—Hola, pastelito.

Eva, que se encontraba a la sazón con el vaso entre los labios llevando una buena parte del líquido ambarino a su garganta, dio un salto poniéndose en pie, provocando con aquel movimiento brusco que se derramara la mitad del contenido sobre su pecho. La noté realmente alterada, a medio camino entre el terror y la ira.

—¿Qué has dicho? —preguntó con los ojos entornados, que se habían convertido en dos rayas negras refulgentes. Ignoró por completo su camiseta empapada.

—No te asustes, cariño, soy yo. No sé de cuánto tiempo dispongo, pero tengo que contarte algo.

—¿A qué estás jugando? —soltó furiosa. Sabía que en su mente aún estaría resonando aquella palabra: «pastelito». Solo yo la llamaba así; era nuestro apelativo cariñoso en la intimidad y nadie lo conocía salvo nosotras dos. Se hubiera muerto de vergüenza si alguien más se hubiese enterado de que me dirigía a ella de aquella forma.

—Sé que no es fácil de creer, mi amor, pero soy yo, María. Mírame a los ojos, por favor. Me encontrarás allí, en el fondo.

Eva dio unos pasos hacia atrás trastabillando hasta apoyar su espalda en la pared.

—¡Lárgate de aquí, Patricia! ¿A qué has venido, a joderme más? —bramó.

—Escúchame un segundo, cariño. El hombre que me disparó me dijo que tú le habías arrebatado lo que era suyo y que él iba a hacer lo mismo contigo.

—Vete, por favor —dijo arrastrando las palabras. Contemplé sus puños apretados y cómo el vello comenzaba a erizársele en los brazos mientras me miraba sin pestañear.

Tenía que hacer algo. Pasé como un rayo a su lado y me dirigí hacia el pasillo.

—Ven conmigo, te voy a hacer un retrato robot, seguro que sabes de quién estoy hablando —le dije sin darle opción a protestar. Me interné en el estudio y saqué de un cajón mi cuaderno de dibujo y un carboncillo.

Me siguió aprensiva guardando cierta distancia. Percibí su cara de estupefacción al observar que quien ella consideraba que era Patricia había abierto el cajón preciso sin la menor duda y se había sentado en el suelo a dibujar como tantas veces me había visto hacer a mí. En aquel momento comencé a esbozar una cara en la hoja con la habilidad y rapidez que tenía por costumbre. Me resultó curioso constatar que hacer un bosquejo utilizando unos dedos que no eran los míos no me suponía ninguna dificultad.

—¿Cómo sabes...? —empezó a preguntar Eva.

La voz se le quebró al fijarse en la seguridad de mis trazos con el carboncillo y, sobre todo, al contemplar el rostro que iba apareciendo como por arte de magia en el fondo blanco. Daba la impresión de que su mente no podía creer lo que veía. Se inclinó sobre el papel como atraída por un imán, arrancándolo de mis manos. En aquel instante, mientras observaba de cerca el retrato, escuché la expresión que se escapó de su boca sin pasar por el cerebro consciente.

—¡Hijo de puta!

Sujetaba el dibujo sin poder levantar los ojos de aquella cara y vi cómo sus dedos se iban crispando en torno a él. En ese momento me vino a la cabeza la historia que me contó sobre un individuo que había acudido a firmar el acuerdo de divorcio junto a su abogado. La mujer era clienta de Eva y no había querido denunciarle por los malos tratos a los que fue sometida con asiduidad. De hecho ella me dijo que, durante sus anteriores visitas, no podía evitar maldecir para sus adentros cada vez que vislumbraba los cardenales mal maquillados en su cara. Tan solo quería perder a ese personaje de vista. Eva acabó consiguiendo un trato favorable para su clienta, ya que el abogado de la otra parte convenció al marido de que el acuerdo era la única salida para librarse de un juicio vergonzoso y, probablemente, de la cárcel. Aquel era uno más de los casos de divorcio que habían pasado por el bufete durante el transcurso de sus años de trabajo. Pero en esos instantes, viéndola contemplar el retrato entre sus manos agarrotadas, tuve claro que Eva sabía que había sido él. Me había contado la aversión que sintió cuando vio por primera vez sus ojos, de un azul acerado por el odio, dirigidos hacia ella. Yo tenía grabada en mi retina la cara de aquel bestia de pie ante mi puerta, sus arcos superciliares prominentes y la cuadrada mandíbula fuertemente apretada. El traje caro y los ademanes pausados, fríos en extremo, ofrecían un escalofriante contraste con la mirada de demente que vi al apuntarme al pecho con su arma. Él me condujo, paso a paso, hacia el salón en el que formuló su sentencia final; el salón donde recibí el impacto que hizo arder mi pecho un segundo antes de que todo se volviera negro.

Su imagen miraba de nuevo a Eva desde el papel reproducida por la mano de Patricia a la perfección, hasta en sus arrugas más sutiles.

—¿Qué coño está pasando aquí? —preguntó apoyada en la pared, aspirando trabajosamente para dejar entrar el aire en sus pulmones.

—Lo conoces, ¿verdad, cariño?

—¿Quién eres...? —dijo emitiendo un sonido áspero mientras dejaba caer el dibujo al suelo.

Eva no paraba de observar mi boca, la boca de Patricia, pronunciando aquellas palabras. Yo estaba segura de que reconocía mi forma de hablar; casi podía distinguir mi voz, pero la volvía loca el hecho de que aquellos labios no fueran los míos, aunque esbozaran mi sonrisa.

—Escúchame. Era necesario que utilizara el cuerpo de Patricia para comunicarme contigo y hacerte saber que estoy aquí a tu lado, cada día... —susurré lo más dulcemente que pude. Me levanté del suelo y avancé despacio hacia ella, que seguía aterrorizada contra la pared del pasillo.

—Ven, mira en el fondo de mis ojos.

A Eva no le quedaban fuerzas para hablar, permanecía colgada de mis pupilas, que se encontraban a escasos centímetros de las suyas. A medida que escrutaba mi cara, su mirada me descubría el primer atisbo de certeza que nacía en su interior. Empezaba a reconocer que era yo quien la llamaba con todo el amor del mundo desde el interior de Patricia.

—Pastelito...

Sentí cómo contenía el aliento. Los labios de Patricia, hasta ahora ajenos, se humedecieron para rozar los suyos y la lengua desconocida se sumergió en su boca y la recorrió como solo yo sabía hacerlo. Un profundo gemido salió de la garganta de Eva cuando las grandes manos comenzaron a recorrer su cintura bajo la camiseta mojada por el whisky. Acaricié su carne caliente, paseé la yema de los pulgares por su piel con una lentitud mortificante hasta alcanzar sus sensibles pezones, que respondieron al instante encabritándose como locos. Sabía bien lo que le gustaba... Dejó escapar un quejido y me apartó con fuerza de su cuerpo tembloroso. Yo era consciente de que mi presencia imposible la había enervado hasta el límite y que una parte de ella se sentía culpable de sentirse atraída por el cuerpo de Patricia. Su mente debía de estar librando una batalla terrible.

—No me hagas esto... —dijo en medio de un sollozo.

La conocía tanto que tenía claro que el deseo y las dudas la estaban devorando.

—Cariño, lo siento, necesitaba tanto volver a tocarte... Aunque sé que es demasiado pronto para que lo puedas asimilar.

—Vete, por favor —me dijo con un hilo de voz y los ojos arrasados por las lágrimas.

—Tranquila, no te haré sufrir más. Ahora voy a salir de este cuerpo, amor mío. No tengo ni idea de si Patricia es consciente de todo esto, ni de si recordará algo cuando me vaya, pero no quisiera causarle ningún perjuicio, así que, por favor, compórtate como si no hubiese pasado nada. Hazlo por ella. Te prometo que volveré a visitarte de esta forma las veces que haga falta para que te acostumbres a mí y no me tengas miedo. Recuerda que no voy a dejarte sola, pastelito, te quiero.

Eva

El cuerpo de Patricia osciló y no tuve más remedio que agarrarla por la cintura para evitar que cayera al suelo. Ella alzó la cabeza y me miró turbada mientras yo la sujetaba todavía temblando.

—Me parece que me he mareado —dijo con voz insegura.

—Eso me ha... parecido. Ven, vamos a sentarnos —contesté, procurando sobreponerme a lo sucedido mientras la acompañaba hasta el sofá con la mente corroída por las dudas y la excitación.

—No sé lo que me ha ocurrido. Estaba aquí sentada y de repente me encuentro de pie en medio del pasillo, y la verdad es que no recuerdo haberme levantado.

Eché un poco más de whisky en su vaso sin saber qué decirle y se lo bebió de un solo trago.

—Me has pedido que te enseñara el estudio de María, y cuando estábamos allí te ha dado un mareo —mentí, centrándome en la bebida. No era capaz de enfrentarme a sus ojos después de lo que acabábamos de hacer sin su consentimiento y de las sensaciones que todavía asaltaban mi cuerpo.

—No sé, ha tenido que ser una bajada de tensión.

—¿Ahora te encuentras bien? —le pregunté, atreviéndome a mirarla por fin. Era evidente que Patricia no recordaba nada.

—Sí, no te preocupes, pero tengo que volver a casa —dijo mirando impaciente su reloj—. ¡Ha pasado el tiempo volando!

Me levanté con ella para acompañarla hasta la puerta.

—¿Estás segura de que te encuentras bien?, ¿quieres que te lleve? —le pregunté, rogando para que no se me notara en la cara la culpabilidad que sentía.

—No, tranquila, de verdad. Tú eres la que tiene que cuidarse. Volveré otro día —contestó, besándome en la mejilla para alejarse rápidamente hacia el coche.

La seguí con la mirada hasta verla desaparecer dentro del automóvil. Luego cerré la puerta, apoyé la espalda en ella y estuve varios segundos sin moverme. Me negaba a admitir lo ocurrido, aunque mi cuerpo aún sufría las consecuencias de su visita. Todavía me temblaban las piernas. Bajo la camiseta sentía arder las zonas que sus manos habían recorrido con maestría sabiendo cómo acariciarme, provocando una añoranza y un deseo que no acertaba a arrancar de mi piel. «¡Maldita sea, no puedo con esto!», me dije, mientras me dirigía furiosa hacia el equipo de música y elegía un disco a conciencia. Echada en el sofá con el vaso en la mano, esperé las primeras notas y en breves segundos me taladró el cerebro la voz de Simone: «*Procuro olvidarte, pisando y contando las hojas caídas, procuro cansarme, llegar a la noche apenas sin vida, y al ver nuestra casa tan sola y callada no sé lo que haría...*».

Mucho después de la visita turbadora que me había hecho Patricia, o María, o quien demonios hubiese sido, seguí bebiendo hasta conseguir caer anestesiada. Cuando desperté al cabo de ni se sabe cuánto tiempo, era casi de noche y tuve que obligar a mi organismo a levantarse para ir al baño. La sensación de pesadez en la cabeza y la angustia me mataban. Abrazada al inodoro, vomité sin cesar hasta que me noté vacía de todo. No quería volver a sentir. Me desnudé y abrí la ducha buscando la redención del agua fría que caía sobre mi pelo, que se deslizaba por mis miembros entumecidos proporcionándome un poco de paz. Al salir de allí, enfundada en el albornoz y algo más serena, me detuve ante la puerta del estudio. Sin darme tiempo a pensar en ello, me agaché de forma automática a recoger algo blanco que había en el suelo. En el mismo instante en que mis dedos rozaron aquella hoja, un calambre me recorrió la espina dorsal. ¡Oh, Dios mío, lo había olvidado!, me dije con horror al enfrentarme otra vez al rostro que parecía insultarme desde el papel. Por unos momentos había conseguido engañarme a mí misma diciéndome que todo había sido un sueño. Levanté la vista en un acto reflejo, encendí los focos del estudio, pues a aquellas horas la luz natural había descendido visiblemente, y observé con atención la tela blanca sujeta a la pared. Nuevas marcas de espuma sobre una ola verde esmeralda me saludaron desde el fondo de la habitación. Con la hoja medio arrugada en una mano retorné al salón y me senté otra vez en el sofá depositando el dibujo sobre la mesa. Tenía que hacer algo para no volverme loca: no podía seguir así. Tomé la decisión de regresar al despacho y buscar el expediente de aquel cabrón. Debía coger el toro por los cuernos, necesitaba encauzar la furia que me asaltaba, y una forma de hacerlo era proporcionarle la información necesaria a la policía.

La mañana siguiente amaneció dolorosamente deslumbrante junto al mar. Conduje el coche con las ventanillas bajadas, dejando que el viento húmedo y salino jugara con mi pelo. A esas horas tempranas todavía podía aguantarse el calor sin el aire acondicionado. En el momento de cruzar el viejo cauce del Turia, mientras atravesaba el puente de Aragón con la lentitud habitual originada por el tráfico denso, mi mirada se perdió a lo lejos adentrándose en los jardines frondosos que ocupaban lo que, hacía algunos años, era un río impredecible durante las lluvias torrenciales de cada otoño. Lanzando la vista un poco más allá, divisé los perfiles fantasmagóricos de la Ciudad de las Artes y las Ciencias recortándose contra el cielo azul brillante como si de monstruos prehistóricos se tratase. La observación atenta de los escenarios que rutinariamente había recorrido durante años me reconfortaba, ayudándome a afrontar lo que al cabo de unos minutos iba a suceder. Momentos después, bordeando el monumento conocido como Porta de la Mar, que daba nombre a la plaza, apareció ante mis ojos el edificio donde estaba situado el bufete. Pasé de largo, como siempre, para tomar una calle contigua en la que tenía alquilada mi plaza de garaje.

En cuanto crucé la puerta del despacho, mis compañeros se lanzaron sobre mí echándome en cara el haber vuelto tan pronto al trabajo. Me di cuenta de que evitaban intencionadamente toda señal emotiva de arropamiento, porque sabían de sobra que prefería morir antes que dar muestras públicas de debilidad. Por fin logré zafarme de ellos y me encerré en el despacho para dedicarme a saborear el café fuerte y aromático que había traído, como todas las mañanas, de una cafetería cercana. Tenía que centrarme en el objetivo. Sentada ante la mesa, no pude evitar recorrer con una visión distinta el entorno que siempre me había parecido acogedor: las estanterías abarrotadas de libros y códigos legales hasta el techo, el amplio ventanal de madera oscura desde donde se divisaba la plaza, en cuyo centro se erguía orgulloso el arco de triunfo que, en realidad, era un monumento a los caídos durante la Guerra Civil española. Cuando me incorporé al bufete me preocupé de recabar información sobre aquella construcción, ya que pensé que tendría que verla todos los días. Me sorprendí elucubrando sobre cuánta gente desconocería que la actual Porta de la Mar era una réplica de otra de las puertas de la muralla de la ciudad, la llamada del Real, que había estado ubicada en las cercanías. Observé el monumento como si lo viera por primera vez, paseando la mirada por el parterre sobre el que se encontraba erigido, con su césped brillante salpicado de macizos de flores rojas brotando entre los focos que lo iluminaban por la noche. En aquellos momentos todo me parecía nuevo y extraño. Sobre las cuatro esquinas sobresalían los relieves representando la Gloria, la Abnegación, la Paz y el Valor. El Valor..., pensé con un nudo en la garganta, algo que ahora no podía fallarme. Mis ojos se posaron en la pared frente al escritorio, analizando cada centímetro del cuadro que reproducía el paseo marítimo y la playa de la Malvarrosa, el paisaje que había pintado María para mí, para dar vida a mi despacho. Con la mirada borrosa por las lágrimas que acudían sin invitación, apretando la mandíbula, abrí el cajón de uno de los archivadores y revisé su contenido hasta encontrar el expediente de divorcio que estaba buscando. Lo ojeé despacio, repasando con recelo cada hoja hasta dar con el nombre y la dirección que necesitaba, y a continuación descolgué el teléfono.

No había transcurrido ni una hora desde que terminé de hablar con el inspector que llevaba el caso de María, cuando este se personó en el bufete con un compañero. Me hicieron infinidad de preguntas, porque les resultaba extraño que se me hubiera ocurrido relacionar su muerte con aquel hombre, pero al final conseguí convencerles de que siguieran la pista explicando pormenorizadamente todas mis sospechas. Incluso les enseñé el retrato robot afirmando que lo había hecho yo misma. Mi mente todavía se negaba a creer que lo hubiera dibujado ella. Desde el mismo momento en que vi el rostro en el papel, mi cabeza comenzó a juntar las piezas. Había transcurrido escasísimo tiempo desde la presencia de aquel animal en el despacho hasta la muerte de María. ¡Cómo no se me había ocurrido antes!, me dije rabiosa. Debía de haberme seguido a la salida del trabajo para averiguar dónde vivíamos. El día en cuestión, asegurándose de que yo estaba trabajando, habría regresado hasta allí, y María, ante su aspecto de ejecutivo bien vestido y educado, le abrió la puerta sin dudarlo. Recordé que no había tocado nada de la casa. Aquel hijo de puta fue a hacer lo que tenía planeado y se marchó sin siquiera simular un robo. Quería dejarme claro que solo buscaba mi dolor, pensé con una furia ciega que iba creciendo en mi pecho como el vapor dentro de una olla a presión.

Afortunadamente mis negros pensamientos fueron interrumpidos de repente por el sonido de unos golpes. Sin esperar respuesta, la puerta se entreabrió y la cabeza de Patricia asomó por el hueco. No pude evitar que mi corazón se acelerara.

—¿Puedo pasar?

—Claro —contesté tragando saliva.

—Me acaban de decir que habías vuelto, estaba con un cliente.

—Sí, he decidido empezar a trabajar de nuevo, en casa me estaba volviendo loca —dije evitando mirarla a la cara.

—¿Estás segura de encontrarte en condiciones? —preguntó con preocupación.

—No lo sé, pero tengo que intentarlo —contesté levantando la vista por fin.

Patricia se quedó callada unos segundos, secuestró mis ojos, y entonces contemplé aturdida cómo cambiaba de expresión hasta dibujarse una sonrisa enigmática en su rostro. Sin decir ni una palabra, fue hasta la puerta, cerró el pestillo por dentro y se volvió hacia mí. Yo había seguido todos sus movimientos con la cara desencajada.

—Hola, pastelito. He estado escuchando lo que le has contado a la policía. Espero que le cojan —dijo con un tono de tristeza que duró tan solo un segundo—. Te prometí regresar. Ya no podía aguantar más sin volver a tocarte... —susurró melosa, mientras se acercaba con paso cimbreante y sensual.

Permanecí de pie sin mover un músculo, admirando a mi pesar el atractivo tremendo de Patricia, o de María... o de quienquiera que fuese el animal sexual que venía a mi encuentro.

—No tengas miedo, mi amor, sé que te resulta difícil identificarme con este cuerpo, pero tan solo cierra los ojos y siénteme —musitó junto a mi oído a la vez que unos dedos que me eran ajenos rozaban mi cintura. Me provocó un cosquilleo turbador al sacarme sin prisa la camisa fuera del pantalón para bajarme después la cremallera con lentitud exasperante. Me encontraba paralizada por una mezcla de terror y deseo. Aquella forma íntima de excitarme con las palabras era propia de María. María, repetí en mi cabeza. Cerré los párpados respirando hondo y su nombre me ocupó el cerebro como un eco; fui consciente de la mano grande y fuerte que me abría la ropa y se introducía en mi interior con precisión calculada, deslizándose con facilidad por la humedad que comenzaba a manar a raudales. Mi gemido ahogado fue de inmediato acallado por la boca sensual de Patricia cubriéndome entera. Mordisqueaba dolorosamente mis labios empujando su lengua con atrevimiento, al tiempo que los dedos se recreaban entre mis pliegues hinchados provocando que empezara a perder la cabeza. En aquel preciso instante la realidad se volcó bruscamente sobre mí. Alguien estaba intentando abrir la puerta desde fuera y, al no conseguirlo, comenzó a dar golpes y a llamarme por mi nombre. De un salto me aparté de ella y me parapeté tras la mesa intentando introducir torpemente los faldones de la camisa dentro del pantalón. Mis manos nerviosas parecían no responder. La auténtica Patricia volvió a aparecer en escena apoyándose con aspecto de estar mareada en el borde del escritorio y me miró con estupor. Por fortuna, el mueble ocultaba mi ropa todavía desabrochada.

—¿Qué...?

—Abre, están llamando. La has debido de cerrar sin darte cuenta —solté atropelladamente, apartando el flequillo de mi cara enrojecida.

Patricia fue hasta la puerta sin comprender nada y la abrió. El rostro bronceado de Luis, un compañero del bufete, apareció sonriente tras ella.

—Perdonad, no sabía que estabais reunidas.

—No te preocupes, ya hemos terminado —contesté recomponiéndome con rapidez, aunque todavía podía oír los acelerados latidos de mi corazón saliéndose del pecho.

—Bueno, yo me voy, ya hablaremos —dijo Patricia con una sonrisa impuesta, dejándome con una palpitación entre las piernas que me quemaba.

Patricia

Me dirigí a mi despacho confusa. Una vez dentro cerré la puerta y me senté agotada tras la mesa. ¿Qué estaba ocurriendo?, ¿me estaba volviendo loca o tan solo era cansancio?, me dije con inquietud. Respiré hondo para relajarme: era consciente de que estaba sufriendo alguna clase de ausencias acompañadas de mareos y... algo más. Tenía la desasosegante sensación de estar excitada, y además me sentía incómodamente mojada bajo la ropa interior. Con los codos apoyados sobre el escritorio, me cubrí el rostro y entonces percibí una cosa que me aterrorizó todavía más. De forma inmediata me erguí en mi asiento y durante unos segundos miré turbada los dedos de mi mano derecha aproximándolos instintivamente bajo la nariz. ¿Pero qué...?, comencé a preguntarme en voz alta al aspirar el indudable aroma a sexo que desprendían. Y para mayor desasosiego no me pareció precisamente un aroma familiar. Salí disparada hacia el baño para lavarme las manos con jabón y estuve un rato frotando con fuerza con el fin de desprenderme de aquel olor. ¿Qué había hecho y no recordaba?, me planteé totalmente perpleja. Contemplé con detenimiento mi aspecto en el espejo intentando encontrar una respuesta en el rostro que me observaba, pero la imagen reflejada no me reveló nada distinto, excepto unos ojos de un color verde oscurísimo con las pupilas dilatadas por el miedo.

Eva

En el trayecto hasta mi casa pensé con alivio que había conseguido no volver a tropezarme con Patricia. El recuerdo de lo sucedido me perseguía a cada momento hasta el punto de no poder soportar la idea de mirarla a la cara. Metí el coche en el garaje y entré. Me había desprendido de lo que llevaba en los bolsillos sobre el mueble de la entrada, como era habitual, y me estaba dirigiendo a la habitación para ponerme cómoda, cuando sonó el timbre exterior. Me encontraba realmente cansada y lo primero que me vino a la cabeza fue no contestar, pero pensé que quizás fuese Mel, que estaría preocupada por mi vuelta al trabajo y vendría a hacerme una visita. Sin poder evitar un suspiro de resignación fui hasta el portero automático y apreté la tecla. De inmediato me topé con las caras sonrientes de Fran e Iván, que me saludaban desde la pantalla. Abrí la puerta sin demasiadas ganas y esperé en el zaguán a que aparecieran por el jardín. Fran fue el primero en acercarse y abrazarme, depositando en mis manos una bolsa de la que surgió, por arte de magia, una botella de whisky Gran Reserva. Iván le seguía con una caja muy bien envuelta para regalo, que resultó ser medio kilo de trufas de una antigua pastelería especializada del centro de Valencia. ¡Hala, otro día mandando la salud a la mierda!, me dije a mí misma, y empecé a disponerlo todo sobre la mesa de café. Por lo menos esa tarde no bebería sola, pensé con un atisbo de humor negro.

—Sentaos en el sofá, que ahora mismo vuelvo —dije, y desaparecí en la cocina.

Al cabo de un momento regresé portando los vasos y un recipiente con cubitos de hielo.

—Trae, yo pondré las copas, deja que te mime un poco —dijo Fran arrebatándome la bandeja para posarla con cuidado sobre la mesa.

Me senté en uno de los sillones frente a ellos y me dediqué a observar cómo comenzaba a servirme, lanzando una sonrisa de complicidad, una buena cantidad de whisky en un vaso sin hielo.

—Toma, a granel, como a ti te gusta —dijo guiñándome un ojo maliciosamente, al tiempo que depositaba la bebida en mi mano.

Me arrellané en el mullido asiento y di un primer sorbo, dejándome hipnotizar por el movimiento de las manos de Fran mientras echaba los cubitos en un vaso y luego en el otro, haciendo resbalar el preciado líquido sobre el hielo.

—Por ti —declaró Iván levantando su whisky.

—Por vosotros —repliqué, volviendo a tomar un buen trago.

—Bueno, ¿te han dicho algo nuevo? —inquirió Fran directamente.

Yo no estaba por la labor de contar la conversación con la policía ni mucho menos la «intervención» de María. Entre otras cosas, mi cabeza aún luchaba contra la idea de que lo sucedido fuese real, y no me encontraba con fuerzas para discutirlo con mis amigos.

—No, nada —contesté lacónica bebiendo de nuevo.

—¿Y cómo llevas lo de volver a trabajar? —preguntó Iván.

—Mejor de lo que pensaba, necesito llenar mi vida con lo que sea. Trabajando, bebiendo y durmiendo pasa el tiempo más rápido.

—Deja de machacarte la salud en solitario y empieza a salir por ahí a distraerte —dijo Fran.

—Ya, es mejor cargarse la salud en compañía, ¿no? —solté en tono sarcástico mientras daba otro sorbo a mi vaso. Comprobé con satisfacción que el familiar efecto sedante del licor comenzaba a acompañarme.

Iván

Eva estaba metiéndose con Fran por su insistencia en que saliera con nosotros como siempre habíamos hecho, y la verdad es que yo esperaba que se decidiera a hacerle caso, ya que la veía peligrosamente inclinada a beber sola. En ese momento, mientras escuchaba el cruce corrosivo de palabras, me eché hacia delante para alcanzar una trufa y di un respingo al sentir una corriente de aire gélido recorrer mi espalda.

—¿Has puesto el aire acondicionado? —pregunté con la piel de los brazos erizada.

—No, todavía no hace calor como para eso. ¡No me digas que tienes frío! —exclamó Eva fijándose en mi vello de punta.

—No, pero he sentido como un viento helado por detrás...

—Anda, bebe un poco de whisky y entrarás en calor. ¡A ver si te estás resfriando! —bromeó Fran, retomando al instante su conversación con Eva.

Le oí soltar una perorata a nuestra amiga recomendándole que saliera a distraerse, a ligar, a lo que fuera con tal de que no se quedara en aquella casa encerrada con sus recuerdos y un vaso en la mano. De repente me di cuenta de que sus voces se iban alejando y que todo sonido alrededor se iba convirtiendo en un ininteligible ruido de fondo. Pero lo más inquietante fue la imagen que apareció ante mis ojos junto al cuadro colgado en la pared. Me quedé sin respiración y el vello en mis brazos alcanzó una altura considerable al erguirse amenazador hacia el techo. El cuerpo traslúcido de María flotaba delante de mí como un espejismo macabro y me sonreía con la ternura que le era habitual como si nada hubiese ocurrido. Miré nervioso a Fran y luego a Eva, pero ambos seguían enzarzados en su combate dialéctico ignorantes de aquella presencia en el salón. ¿Solamente yo la veía y sufría aquel frío aterrador?, pensé intentando controlar el pánico. Tenía la garganta áspera como estopa hasta el punto de que me llevé el vaso a los labios y terminé mi bebida de golpe, para acabar centrando la vista en el fondo del vidrio sin atreverme a levantar la mirada de nuevo. Al cabo de unos segundos no pude remediar que mis ojos viajasen otra vez a la pared, y me quedé de piedra al ver la imagen vaporosa de María, que me hacía el gesto familiar de acercarse un dedo a los labios pidiéndome que guardara silencio. Estaba literalmente clavado al sofá. Sin embargo, algo me sacó por unos instantes de la conmoción: volvió a sonar el timbre de la calle.

—¿Quién será ahora? —dijo Eva levantándose hacia la puerta.

Fran se volvió hacia mí y me miró con extrañeza.

—¿Te pasa algo?, parece que hayas visto un fantasma. ¡Estás gris como la ceniza! —exclamó preocupado.

Iba a contestarle cuando oí a nuestras espaldas la voz de Mel. Fran se levantó y yo le imité, no sin antes echar un vistazo hacia el muro para comprobar que María seguía allí con su sonrisa perpetua.

—¿Os habéis puesto de acuerdo? —dijo Eva, que ya se acercaba con nuestra amiga llevando a Alejandra de la mano.

—Pues no, ¡vaya sorpresa! —contestó Mel, aproximándose para besarnos.

Fran se acercó a la pequeña agachándose para levantarla en brazos, y entonces pude ver su carita asomando tras el hombro de mi pareja, mientras recibía su abrazo. La mirada de la niña se encontraba centrada en la pared frente a ella delatando un brillo peculiar en los ojos; mostraba una gran sonrisa que hacía sobresalir sus pómulos. De repente una pequeña mano apareció junto a su rostro y, apoyando el dedo índice sobre los labios, repitió hacia allí el gesto de silencio que yo había visto realizar a la imagen traslúcida unos segundos antes. Me volví rápidamente para encontrarme con la expresión divertida de María, esta vez acompañada por un gesto de asentimiento. La estupefacción que reflejó mi cara cuando volví a mirar hacia Alejandra hizo que esta se soltara de los brazos de Fran y corriera para lanzarse a mi cuello.

—¡Tú también la ves! —dijo una vocecita susurrante junto a mi oído.

La apreté contra mí intentando calmar los latidos de mi corazón.

—Es un secreto, ¿vale? —murmuré en su hombro.

—¡Vale! —dijo como si se tratara de un juego, y deshizo el abrazo plantándome un sonoro beso en la mejilla.

Estuve durante el resto de la tarde encerrado en mis pensamientos sin prestar demasiada atención a las conversaciones que iban sucediéndose. Mi mente ausente no dejaba de dar vueltas a lo que estaba ocurriendo en aquella casa: en el salón permanecíamos cinco personas, pero dos de nosotros sabíamos que realmente éramos seis. Hasta ahora había ocultado con éxito el don que tantos quebraderos de cabeza me había provocado en Cuba, mi tierra natal, ya que hacía mucho tiempo que aquello no me había vuelto a suceder. Rememoré la última vez, en el velatorio de mi abuelo, cuando su cuerpo etéreo sentado tranquilamente sobre la cama se empeñó en cantarme, con la voz cascada por el ron, un bolero que recordaba haber oído interpretar a la gran Celia Cruz: «*...Te busco volando en el cielo, el viento te ha llevado como un pañuelo viejo...*». Yo me limité a observar con impotencia cómo mis padres, mis hermanos y el resto de los familiares, ajenos al pequeño secreto entre mi abuelo y yo, lloraban desconsolados junto a su cadáver. Desde que me había instalado en España había conseguido dejar al margen aquella parte de mi vida, pero ahora mi maldito don había regresado para complicármela. Y encima compartía el secreto con una niña de poco más de dos años. «¡Dios mío! —pensé de pronto—, ¿cuál es mi papel en todo esto?, ¿María me estaba pidiendo ayuda?» Yo no tenía las respuestas a estas preguntas y pensé que difícilmente podría dármelas ninguna de las personas que me rodeaban en ese momento, así que decidí callar y esperar, como había hecho siempre.

Patricia

Sara y yo trabajábamos prácticamente hasta la misma hora, aunque a veces ella se demoraba un poco más dependiendo del trabajo en la consulta. Esa tarde llegué a casa antes que Sara, me cambié de ropa e hice una infusión que comencé a disfrutar a sorbos cortos recostada en una hamaca de la terraza. Mientras paladeaba el amargo té negro sujeto entre las manos, mi cabeza no podía parar volviendo una y otra vez a lo que había ocurrido por la mañana. Desperté de la ensoñación cuando oí el golpe de la puerta al cerrarse y la voz inconfundible de mi pareja llamándome desde el salón.

—¿He tardado mucho? Ha habido una urgencia de última hora. ¡Menos mal que fue una falsa alarma! —me explicó, al tiempo que se sentaba al borde de la hamaca y se inclinaba para besarme en los labios.

Fui consciente de que respondí a su beso con menos ardor del que ella esperaba.

—¿Te pasa algo? —preguntó apartándose para mirarme a los ojos.

—No lo sé —dije titubeante—. Me están sucediendo cosas extrañas...

—¿Qué clase de cosas? —inquirió Sara preocupada.

—En casa de Eva tuve algo parecido a una ausencia y después me sentí mareada y ha vuelto a ocurrirme esta mañana en el despacho.

Omití deliberadamente lo relacionado con el olor de mis dedos y la fuerte sensación de estar excitada sexualmente.

—Cariño, deberías ir al médico. Por lo que dices, me da la impresión de que se trata de estrés, pero será mejor que pidas cita y te quedes tranquila —me dijo con dulzura al tiempo que echaba hacia atrás un mechón de pelo que tapaba parcialmente mi cara.

La miré en silencio unos segundos contemplando mi propio reflejo en el iris casi negro de Sara. Pensé que esa mujer bella y exótica había traído a mi vida el equilibrio que necesitaba.

—De acuerdo, mañana mismo pediré hora —respondí, mientras deslizaba lentamente la yema del dedo índice por sus labios carnosos.

Acabé sometiéndome a una revisión exhaustiva que en principio no reveló nada irregular. Mi médico dijo que habría que esperar a los resultados de las pruebas, pero de las conversaciones mantenidas ya se podía deducir que los síntomas eran reflejo del cansancio o el estrés; estaba convencido de que se trataba de algo psicosomático. Considerando la persona que había estado presente las dos veces que me había ocurrido, era posible que todo fuera consecuencia de la pérdida traumática de una amiga y la empatía con el dolor de su pareja. Me explicó que en ocasiones la mente recorre pasadizos que no nos imaginamos y que nuestro cuerpo reacciona ante ello.

La verdad es que salí bastante más tranquila de la consulta y me prometí a mí misma olvidar todo el asunto. Al fin y al cabo era normal que la repentina muerte de María hubiera dejado una honda impresión en todos nosotros. Sin embargo no podía evitar que volviera una y otra vez a mi cabeza la sensación incómoda ajena al mareo y, sobre todo, lo que no había comentado con nadie: la parte oculta y sensual agazapada tras cada ausencia.

Eva

Cuando la policía vino a mi casa y me contó lo sucedido dando por cerrado el caso de María, llamé a Mel y la puse en antecedentes. Tuve que insistir en que no viniera a verme, necesitaba estar sola. Todavía resonaba en mi cabeza el relato del inspector.

—*Llegamos a la urbanización que nos había indicado y llamamos repetidamente a la puerta de la vivienda del sospechoso. Al cabo de algunos segundos un hombre que encajaba con la descripción apareció en el umbral. Tras verificar que era la persona que buscábamos, le informamos del motivo de nuestra visita pidiéndole que nos acompañara a comisaría para hacerle algunas preguntas. Él nos dijo con suma tranquilidad que iba dentro a coger una chaqueta y que salía de inmediato. Por supuesto no le dejamos solo: le indiqué con un gesto al agente que iba conmigo que se internara con él en la casa. Yo esperé en el jardín, pero al momento oí una detonación y saqué la pistola, aunque reaccioné un segundo tarde, ya que el sospechoso salió como una bestia acorralada. A duras penas conseguí impactar en el obús humano que se me echó encima disparándome con su arma. Mientras yo caía hacia atrás con un ardor insoportable en el hombro izquierdo que fue atravesado por la bala, pude observar cómo mi agresor se desplomaba hacia delante de bruces contra el césped. Encontraron a mi compañero mal herido en el interior, aunque estaba consciente y pudo relatar lo ocurrido dentro de la casa. Contó cómo el sospechoso se había dirigido hacia la habitación con él pisándole los talones. Mientras lo vigilaba desde la puerta del dormitorio, el hombre agarró una chaqueta del armario y fue hasta la mesita de noche. Le dijo sin volverse que iba a coger la cartera, abrió el cajón inferior, y el agente perdió por un momento el contacto visual con las manos del sujeto. Todo fue muy rápido, ni siquiera le dio tiempo a reaccionar: el disparo a bocajarro le impactó en el abdomen. El lugar se fue llenando paulatinamente de grupos de vecinos que habían escuchado las detonaciones y se acercaban a la valla con la incredulidad pintada en las caras. Debíamos de estar representando una de las escenas más macabras que habían visto en su vida: desde la calle se podía contemplar con absoluta nitidez al hombre, que permanecía inerte a pocos metros de la puerta de la casa, y a mí, junto a él, hablando por teléfono con dificultad al tiempo que mostraba signos evidentes de dolor en el rostro y la ropa ensangrentada. El cuerpo, que seguramente ya habían reconocido como el de su vecino, estaba inmóvil boca abajo e iba tiñendo de rojo el césped del jardín...*

Recuerdo que transmití con exhaustividad la información a Mel tal como me la había trasladado el inspector de policía y, a continuación y pese a sus protestas porque le impedí que viniera a verme, fui hasta la habitación y me tumbé en la cama mirando apática el techo. Me sentía extrañamente vacía. Intenté buscar en mi interior algún atisbo de la ira que me había consumido y que me empujó a seguir viviendo durante esos días negros, pero tan solo encontré un hueco inmenso que se iba llenando poco a poco de tristeza y nostalgia, de añoranza y dolor. Las lágrimas comenzaron a rodar por mi cara como ríos de lava que abrasaban mi cuello, mi camiseta, mi vida.

De forma repentina, en medio de mi desesperación, tomé consciencia de un ruido que no identifiqué en un primer momento al ser ahogado por mi propio llanto: el sonido del timbre de la calle. Volví la cabeza impulsivamente hacia la mesita de noche y miré el reloj. Eran casi las once. ¿Quién llamaba a semejantes horas?, me pregunté molesta. Salí de la cama con una sensación de debilidad y mareo similar a la que produce la gripe, me enjugué las lágrimas con el borde de la sábana y fui tambaleándome hasta el videoportero. La cara de Patricia apareció con nitidez en la pantalla. Ahora no, pensé. Apreté la frente contra la puerta y una tempestad de inquietudes estalló en mi cabeza. ¡Qué coño hacía allí a las once de la noche!, me dije. Y sobre todo, ¿quién era realmente la que estaba afuera? A pesar de mi desazón, sabía que no podía dejarla allí sin ningún motivo, tenía que abrir. Pulsé la tecla y la esperé apoyada en el marco con los brazos cruzados. Sin poderlo evitar, mis ojos se perdieron en el cuerpo atlético que avanzaba enfundado en un breve vestido mientras recorría la corta distancia que nos separaba desde el portón exterior. Patricia me sonrió con complicidad cuando llegó a mi altura y pasó ante mí sin decir una palabra, adentrándose en la casa. La observé en tensión, sin saber muy bien qué hacer.

—¿No vas a cerrar, cariño?

Empujé la puerta de forma inconsciente y me quedé sin habla al darme la vuelta. Aquella mujer sensual comenzó a desabrochar la cremallera de su ligero vestido con una lentitud mortificante, dejándolo caer al suelo para ofrecerse ante mí completamente desnuda. Noté que mis pulmones se negaban a funcionar.

—Creo que habíamos dejado algo pendiente, pastelito...—dijo con voz seductora al tiempo que se aproximaba a mí y me agarraba para conducirme con resolución hacia el dormitorio.

Asida a su mano, sentí que mi voluntad empezaba a derretirse al verme arrastrada por la dulce y acariciante voz de María proyectada desde la imagen excesiva de Patricia, que ahora podía admirar con todo detalle. Era incapaz de apartar los ojos de sus curvas. No podía pensar, sabía que estaba a punto de meterme en la cama con ella y era consciente de que las piernas me llevaban sin titubeos hacia la habitación. Me dejé quitar la ropa hipnotizada por su seguridad y me di cuenta de que hervían en mi interior demasiadas emociones confusas: el vacío después de la visita de la policía, el cansancio tras el llanto agotador, la pasión que me despertaban sus ojos dilatados por el ansia. Y por encima de todo, el embrujo de sus labios sensuales que emitían de manera incomprensible las palabras de mi amante. Mi cabeza dejó de funcionar. Abracé aquel cuerpo desconocido y me dejé caer en la cama envuelta en su olor distinto y estimulante. Sentí el peso de Patricia que me empujaba contra el colchón, los pechos firmes pegados a los míos, su vientre caliente presionando, los muslos separados que comenzaban a buscar una posición más íntima. Mi garganta emitió un gemido y cerré los ojos para no verla. Me sentía miserable anhelando su contacto con ansia aunque dentro de ella estuviera la mujer de mi vida. ¡Dios!, ¿estaba engañando a María?, gritó mi conciencia. Ya no sabía con exactitud a quién estaba deseando, a quién le iba a hacer el amor en breves segundos. Pareciendo adivinar mi tortura interior, la voz de María volvió a susurrarme al oído anulando mi voluntad.

—Date la vuelta, cariño, no me mires, déjate llevar...

Obedecí sin ser capaz de protestar con las terminaciones nerviosas al límite, colocándome boca abajo sobre las sábanas para sentir al instante dos pezones ardiendo que se pegaban a mi espalda, una boca que empezaba a dibujar con saliva el contorno de mi hombro, una mano que se deslizaba sinuosa por el borde de mi pelvis masajeando mis glúteos; me estaba abrasando. Ella conquistó por detrás la zona más sedosa de mi cuerpo arrancándome gemidos que no reconocía, que se estrellaban ahogados contra el almohadón, al que me aferraba como una posesa. Mis caderas se balancearon al ritmo que imponían los dedos de Patricia hasta que todo se hizo blanco y mordí con furia vehemente la tela caldeada por mi aliento.

—Cómo te añoraba, amor mío... —susurró hiriéndome en la nuca, posando sus labios sobre la piel sensibilizada de mi cuello—. Ven, quiero ver tu cara.

No tuve más remedio que darme la vuelta para enfrentarme a su ardor. Ella se acopló entre mis muslos empapados sin poder controlar el deseo por más tiempo y empezó a moverse enardecida sobre mi fuego aún palpitante. Volví a deshacerme una y otra vez bajo su cuerpo, anclada a los fascinantes ojos entornados de pestañas tupidas, a sus labios entreabiertos de los que escapaban frases entrecortadas por el placer.

—Eva... cariño... te... oh...

Se agarró con tal fuerza a mí en medio de sus espasmos que me provocó un dolor agudo. Por fin su abrazo cedió y se derrumbó colmada cortándome el aire, pero tan solo fui capaz de quejarme levemente bajo ese peso venerado que me asfixiaba.

—Perdona, mi amor, pero es que este cuerpo no es fácil de manejar —balbuceó, dejándose caer a mi lado.

Cerré los párpados buscando normalizar mi respiración, intentando asimilar lo que acababa de ocurrir.

—Escúchame... —comencé a decir sin mirarla.

—No digas nada. Sé que estás confundida, que esto es raro, pero es la única forma de continuar estando juntas.

—Esto se nos va a escapar de las manos, María —dije contemplando el techo. No podía hablar dirigiéndome al rostro congestionado de Patricia, que mostraba claros signos de haber disfrutado muchísimo conmigo—. Sara la estará esperando en casa, mira la hora que es.

El reloj marcaba más de medianoche.

—No te preocupes, lo arreglaré, pero no me pidas que me vaya para siempre porque no puedo.

—Yo tampoco quiero que te vayas. No podría soportarlo.

Ella se inclinó sobre mí obligándome a observar sus pupilas, que me miraban con un amor desbordante, y le respondí con un beso lento, profundo, que intentaba transmitir el torbellino de sentimientos que en esos momentos me atropellaba.

—Quisiera que te quedaras —le rogué.

—Yo también, cariño, pero debo irme. No tenemos derecho a causarles más problemas.

—¿Cuándo volverás?

—No lo sé, pero pronto, te lo prometo —contestó, rozándome levemente los labios como despedida. Luego se levantó con desgana y salió en busca del vestido que había dejado caer de manera indolente junto a la entrada.

La vi desaparecer desnuda de la habitación sin intentar siquiera seguirla y escuché al poco tiempo el sonido de la puerta al cerrarse; su cuerpo hasta entonces desconocido me había vuelto loca unos segundos antes. Salí de la cama despacio y me puse otra vez el pijama. Al pasar ante el estudio de María no pude evitar encender la luz, centrando mi mirada en el cuadro sujeto al fondo. La cresta de la ola se mostraba manifiestamente real estrellándose impetuosa contra un atisbo de arena blanca. Serena de una forma extraña, apagué la luz y fui hasta el salón para elegir un CD que quería dedicarle. Al cabo de un momento la ambigua y racial voz de Tony Zenet me acompañó hasta la cocina: *«... déjame esta noche soñar contigo... déjame que te espere aunque no vuelvas, déjame que te deje tenerme pena...»*. Con un vaso lleno en la mano regresé sobre mis pasos y me recosté en el sofá. El primer trago de whisky saturó mis papilas gustativas dando paso a la reconfortante sensación de calor. Necesitaba digerir las emociones que se agolpaban dentro de mí.

María

Salí de casa radiante, con la total y absoluta sensación de estar viva de nuevo. Había cumplido parte de mis objetivos, aunque no resultó tan fácil como había imaginado. Volver a hacer el amor con Eva, experimentar el deseo, el placer, había sido maravilloso, pero no pude evitar sentir una punzada de celos al lograr algo que yo misma había perseguido: que Eva deseara un cuerpo distinto al mío. Aquel había sido el primer paso hacia la despedida definitiva, los primeros metros en la carrera hacia el olvido. Conduje el coche de Patricia hasta su casa con inquietud, era muy tarde y tendría que dar una explicación convincente a Sara. Sin embargo, en el fondo de mi ser me sentía henchida, llena de Eva por todas partes. Volvía a disfrutar de todo lo que había perdido y me sentía incapaz de renunciar a ello tan pronto. Aún no estaba preparada para abandonarla para siempre.

Sara

Nerviosa, corrí al encuentro de Patricia al escuchar la llave en la cerradura. Hacía mucho rato que había salido a comprar la cena en un restaurante hindú cercano a casa y mi preocupación aumentó al verla aparecer por la puerta con las manos vacías. La había llamado al móvil al darme cuenta de que tardaba excesivamente, pero solo conseguí desesperarme al escuchar en el comedor la voz de Eartha Kitt modulando en francés: *«c'est si bon, de partir n'importe où...»*. Era la melodía de su teléfono. Como le ocurría a menudo, se lo había dejado olvidado sobre la mesa.

—¿Qué ha sucedido? —pregunté con la intranquilidad reflejada en la cara.

—He ido a dar una vuelta, no me encontraba muy bien.

—Pero... ¿y la cena? —dije titubeante. No me podía creer que se le hubiera olvidado.

—Estaba cerrado —me contestó sin dar más explicaciones.

—¿Te pasa algo? —insistí, acercándome a ella sin poder ocultar mi alarma.

—No estoy bien, Sara. Voy a acostarme, lo siento —me dijo marchándose hacia la habitación.

Su actitud me acababa de dejar claro que no quería que me acercara a ella, pero yo no estaba dispuesta a dejar las cosas así. Mi mirada la acompañó hasta que se metió en nuestro cuarto y entonces seguí sus pasos. Observé con estupor cómo se quitaba la ropa y se metía desnuda en la cama. No tenía ni idea de qué le estaba pasando, aquello era muy raro. Me puse el pijama sin dudarlo y me acosté junto a ella. Tenía miedo de hacer cualquier cosa que provocara su rechazo, así que evité tocarla y comencé a hablarle suavemente.

—Cariño...

—No te preocupes, solo estoy cansada. Mañana me levantaré mejor —me interrumpió sin volverse.

Ante su respuesta no me atreví a insistir. Contemplé unos segundos su silueta recostada de lado y después me relajé junto a ella sin rozarla siquiera, decidiendo dejarla tranquila. No tenía nada claro que fuese únicamente la muerte de María lo que la mantenía en ese estado. Las dudas comenzaban a corroerme por dentro. Estuve despierta hasta bien entrada la madrugada y al final el cansancio me venció. Me volví de lado escuchando su lenta respiración y comencé a dormirme asida a su cuerpo. Recuerdo que lo último que pasó por mi mente fue que desprendía un aroma extraño, una mezcla sutil de sudor y sexo que no me era familiar. De inmediato descarté aquella idea absurda de mi cabeza cayendo profundamente dormida. No sé cuánto tiempo pasó antes de volver a abrir los ojos, pero todavía permanecía abrazada a Patricia envuelta en la caricia de su melena. Había estado pegada a ella toda la noche. Entonces recordé el último pensamiento que tuve antes de dejarme vencer por el sueño. No habían sido imaginaciones mías: con los sentidos bien despiertos pude apreciar claramente que olía a sudor y a sexo. En aquel momento ella se desperezó y se volvió hacia mí para encontrarse con mi examen vigilante.

Patricia

—Buenos días, cariño —susurré remolona acomodándome entre los brazos de Sara.

Ella se apartó de una forma un poco brusca y buscó mi mirada nublada con los ojos.

—Pat, ¿dónde estuviste anoche? —me preguntó seria.

—¿Anoche? —contesté somnolienta. No tenía ni idea de por qué me preguntaba eso, pero aún no me había despejado y volví a recostarme contra su pecho.

—Pat, mírame —dijo en un tono imperativo.

—¿Qué... pasa? —dije, procurando espabilarme mientras me apoyaba sobre un codo para observarla.

—¿Adónde fuiste?

—¿Anoche salí? —pregunté despertando de golpe. Mis ojos ya se habían abierto del todo y no tenía ni idea de qué me estaba diciendo.

—Te marchaste para comprar la cena en el restaurante hindú, regresaste más de dos horas después sin comida y te metiste desnuda en la cama —me lanzó, mirándome con gravedad. Nunca la había visto enfadada y ahora parecía que lo estaba. Y bastante.

—¿Que hice qué? —dije confundida—. No...

—¡No me digas que no te acuerdas de nada! —me interrumpió irritada.

—No estás bromeando, ¿verdad? —señalé, incorporándome hasta dejar la espalda apoyada contra el cabezal.

—No, no estoy bromeando. Además tendrías que olerte, da la sensación... —Sara no pudo terminar la frase. Desvió su mirada de mí, que escuchaba incrédula sus palabras, se levantó de la cama y fue hacia el cuarto de baño dándome la espalda.

—¿Qué quieres decir? —le pregunté molesta, antes de que ella saliera de la habitación.

—Nada, voy a ducharme, no quiero llegar tarde —contestó en voz baja huyendo de mi lado.

En cuanto la vi desaparecer por la puerta, me olí aprensiva el pecho, los brazos, las manos, volviendo el miedo de golpe a gobernar mi mente. Reconocí con nitidez el aroma pegado a mi piel; era el mismo olor que había impregnado mis dedos la última vez e intuía a quién pertenecía. ¿Qué había hecho?, pensé con un estremecimiento, ¿y por qué no recordaba nada?

María

Apenas hube atravesado la membrana de plasma de regreso, fui consciente de que no estaba sola en aquel espacio ceniciento. Algo atentó contra mi instinto de tal forma que deseé volver hacia atrás de inmediato, pero fui incapaz de moverme. Me encontraba paralizada de terror. No había tenido contacto visual con el ser, pero me llegaba su presencia a través de una vibración irritante en el área que me circundaba. Me mantuve alerta, concentrándome en cada detalle de aquel entorno ya familiar, hasta reconocer una variación en la consistencia del aire prácticamente imperceptible para un ojo no entrenado. Allí había alguien. Por fin pude distinguir una masa más densa y oscura que se movía hacia mí con lentitud, estudiándome, y sentí una angustia interna que no podía comparar con nada conocido, como si una garra enorme me estrujara el corazón con la intención de licuármelo. Antes de que pudiera percibir con claridad su imagen, una música espeluznante me agredió obligándome a luchar contra la energía que intentaba poseerme. ¿Sonaba de forma real o estaba tan solo en mi mente?, me pregunté aterrada. Reconocí la canción: *Mitternacht*, del grupo E Nomine, iba taladrando el espacio en torno a la presencia oscura.

—¿Quién eres? —grité para hacerme oír por encima de la estridencia.

—**Un viejo amigo que acaba de descubrir tu secreto** —contestó el ser tenebroso.

En el momento en que comenzó a hablar el ruido insoportable disminuyó ostensiblemente.

—¿Qué secreto? —pregunté con sumo cuidado, porque en aquel instante vi su imagen con nitidez y descubrí quién era: la causa de que yo estuviese allí.

Así que él también había cruzado la línea..., pensé entre sorprendida y horrorizada.

—**He descubierto tus excursiones ahí afuera y he decidido que a mí también me gustaría probar. Vas a enseñarme, ¿verdad?** —amenazó.

Permanecí callada, presa del pánico. La maldad que adivinaba tras su masa oscura intimidante me obligaba a mantener silencio. Intuía que no disponía de fuerzas suficientes para enfrentarme a él y tuve la prueba en el momento en que se aproximó para entrar en simbiosis con mi espacio. La negrura lo cubrió todo en cuanto tuvo contacto con mi aura y *Mitternacht* volvió con estruendo a perforar mi mente. Quise huir despavorida forcejeando para liberarme hasta el agotamiento, pero él no me soltaba: me había dejado bien claro que estaba a su merced. No quería imaginar qué cosas horribles podría hacer aquel ser repulsivo a Eva o a Patricia mientras me sirviera de vehículo, ni qué repercusiones iba a tener la incursión de semejante monstruo en su cuerpo. Ella no se lo merecía; yo siempre había tenido mucho cuidado de no perjudicarla, ni en su estado físico ni en su vida cotidiana. Pero lo peor de todo es que sabía que lo iba a llevar pegado si intentaba volver a contactar con el mundo al que había pertenecido hasta ese momento, con mi vida añorada tras el plasma.

Eva

Durante días estuve nadando entre sentimientos enfrentados de deseo y culpa hasta el punto de provocar encuentros fortuitos con mi compañera de trabajo, como si hubiera regresado a la adolescencia, empujada por el afán de volver a contactar con María. O eso quería creer. Solo sabía que necesitaba con urgencia volver a sentir lo mismo que la última vez. Sin embargo, pese a todos mis intentos, no conseguí hallar en Patricia rastro alguno de la amante que había tenido entre mis brazos. Lo único que logré fue aumentar mi desasosiego al darme cuenta de que se mostraba esquiva, como si verme la incomodara. Lo que faltaba, pensé, ella estaba empezando a sospechar algo.

A solas en mi casa, la sensación de vacío amenazaba con hundirme en un pozo negro. La única soga a la que me había podido agarrar tras la muerte de María se estaba deshaciendo como arena. Me dediqué a vagar por las habitaciones con una pregunta obsesiva en los labios: ¿dónde estás?, grité una y otra vez contra las paredes. Pero no conseguí encontrar ni un solo signo de su presencia. En un impulso desesperado, me planté con los brazos en jarras ante la tela inacabada del estudio y mis ojos retaron a aquellas manchas de color para que se multiplicaran ante mí. ¡Pinta!, exclamé en voz alta de forma irracional, frenética, hasta que me di cuenta de que mi voz resonaba como un eco en la habitación vacía.

María

Me encontraba perdida recorriendo sin rumbo la oscuridad, consciente en todo momento de la compañía no deseada que se había pegado a mí. Pensé con desasosiego que no tendría la menor oportunidad de volver a contactar con Eva, ya que él estaba esperando fríamente a que me decidiera a dar el salto para colarse conmigo. En mi mente retumbaban con nitidez los gritos de mi amante reclamándome. Sentí su angustia y tuve claro que no debía dejarla sola tanto tiempo, así que, tras darle muchas vueltas, por fin me arriesgué a hacerle una visita. Había estado pensando y creía haber encontrado la fórmula para mantener a raya a El Otro, como había empezado a llamar al ser que me acosaba. Mi plan tenía que funcionar, decidí.

Mientras me dirigía en el coche de Patricia hasta casa, pude imaginar la excitación de Eva al escuchar el timbre y la rapidez con que acudiría hasta el videoportero para descubrir quién la estaba esperando afuera; adiviné su anhelo en el momento en que divisara a la mujer que se aproximaba vestida con unos estrechos pantalones y una camiseta que no dejaba mucho a la imaginación. Sin embargo, tenía que ser muy cautelosa y esperaba que la tabla de salvación que había elegido llegara a tiempo, ya que era perfectamente consciente de la presencia desagradable que llevaba conmigo. En cuanto Eva abrió, pude ver la pasión en sus ojos; se apartó lo justo para dejarme pasar y asió mi muñeca con firmeza tirando de mí hasta que quedé pegada a su cuerpo contra la puerta ya cerrada. Había pasado demasiado tiempo y sabía que estaba ansiosa.

—No vengo sola, cariño —conseguí decir, aprovechando el único segundo en que dejó mi boca libre para respirar. Me tenía atrapada entre sus brazos y se había apoderado de mis labios con hambre, presa de la enajenación de su deseo.

Eva

—¿Qué? —le pregunté con los ojos cerrados, sin pensar, volviendo a sumergirme en su boca. Me volvían loca sus besos, siempre lo habían hecho y, sobre todo, la forma que tenía de fundirse contra mí, de encajar en mis espacios mientras se entregaba a mis caricias. Lo que no podía confesarle es que el cuerpo que ahora poseía aún me ponía más frenética.

—**Que no viene sola** —amenazó una voz profunda desde el interior de su garganta, al tiempo que su mano se acoplaba firmemente a mi cuello y comenzaba a apretarlo como si fuese una garra acerada.

Yo no entendía nada, pero lo que sí sabía es que me estaba asfixiando contra la misma puerta donde yo, hacía tan solo un segundo, la había acorralado con mi lujuria. Me agarré a su brazo con fuerza queriendo zafarme del estrangulamiento, pero poseía una fuerza descomunal. En aquel instante, aumentando todavía más el desconcierto y el terror que sentía, el aparato de música del salón se puso solo en marcha y las notas de *Mitternacht* comenzaron a desgarrar el aire con un estruendo ensordecedor. La mirada maligna que tenía ante mí, tan ajena a los ojos de Patricia, me rebeló la naturaleza del ser que se había apoderado de su cuerpo. ¿Dónde estaba María?, gritó mi mente. Sentí que el miedo me paralizaba los miembros y el oxígeno empezaba a escasear en mis pulmones a causa del garfio asesino en que se había convertido su mano. Sin ninguna posibilidad de luchar, fui consciente de que, poco a poco, todo se oscurecía alrededor mientras oía cada vez más lejos la música aterradora...

Álex

Mis dedos se enredaron juguetones en el vello gris del pecho desnudo de Marcello. Acostada junto a él con la cabeza reposando en su hombro, pensé que quizás ese era el instante apropiado para proponerle lo que tenía en mente.

—Cariño... —susurré.

—Dime, *cara* —contestó volviéndose levemente hacia mí.

—Creo que deberíamos continuar con nuestros planes —le dije con suavidad, sin dejar de acariciar su pecho.

—¿Te refieres a la boda? —preguntó mirándome sorprendido.

—Sí.

—¿Estás segura? —dijo volviéndose de lado en la cama para encarar mi rostro.

—La niña ha cumplido ya dos años y Carla hace meses que se ha hecho con las riendas de la editorial. Creo que podemos dejarlas solas.

—Pensé que querrías tomarte un poco más de tiempo —declaró escrutándome con la mirada.

—Sabes lo que me duele separarme de ellas, pero tenemos que iniciar ese camino que planeamos juntos. Te lo debo. Además, creo que es el momento adecuado para hacer una fiesta y romper con los acontecimientos terribles que hemos sufrido; a todos nos vendría bien un pequeño viaje que acabe con la rutina y ponga distancia con lo que ha pasado. Sobre todo estoy pensando en Eva: necesita empezar una vida nueva y le sentará bien alejarse unos días de aquí.

—Puede que tengas razón, como siempre —dijo besándome en la punta de la nariz—. Voy a llamar a casa y a comenzar a preparar las cosas. También tendré que hablar con el ayuntamiento de Bracciano y concertar una cita con el alcalde para la ceremonia. Giuliano se alegrará de la noticia. Y por supuesto, tengo que decírselo a mi familia; imagino que mi hermana Claudia será la única que podrá acudir, ella vive en Roma. Alfredo se trasladó hace años a Los Ángeles con su mujer y sus tres hijos, no creo que se moleste en desplazarse hasta Bracciano para ver cómo su hermano mayor sienta por fin la cabeza —continuó, riéndose—. Pero Claudia sí, ella no se perdería por nada del mundo mi boda y, mucho menos, conocer a la mujer que ha cambiado la vida de este viajero solitario. Lo que no sé es si irá Nicoletta, mi sobrina. Desde que mi hermana se separó de su marido, la niña le ha dado bastantes problemas; ha pasado una adolescencia difícil.

—Bueno, pues ahora tienes la oportunidad de descubrirlo. Anda, llámala —le dije, levantándome de la cama.

Mientras me duchaba estuve pensando en cómo lo íbamos a hacer. Marcello y yo llegamos al acuerdo de celebrar una boda civil, descartando que la Iglesia formara parte de nuestra unión. Siempre habíamos hablado de hacerlo en su casa, Villa Landi, mediante una ceremonia discreta en la que participarían únicamente unos cuantos amigos y la familia más directa. Por mi parte, puesto que era hija única y mis padres ya no vivían, tenía claro que solo me acompañaría Carla. No creía procedente llamar a mi cuñada Lola, con la que mantenía una buena relación a pesar de que no nos viéramos con mucha frecuencia, pero invitarla a mi boda con otro hombre, aunque ya hubieran transcurrido más de catorce años desde la muerte de Víctor, el padre de Carla, me resultaba extraño. Y por supuesto vendría Mel, que por esas cosas del destino era ahora mi nuera. Marcello había insistido en invitar al resto de los amigos de mi hija, decisión que yo había recibido con agrado, puesto que era el entorno que la había arropado desde su llegada a España. Además pensé en decírselo a mis compañeras de la facultad, Merche e Isabel, con las que seguía quedando de vez en cuando, pero decidí celebrarlo con ellas al regreso de Bracciano; sabía que tenían unas vidas bastante complicadas con sus trabajos, sus maridos e hijos, y la invitación a la boda hubiera supuesto más un contratiempo que un motivo de fiesta. También habíamos comentado que podría oficiar el acto en los mismos jardines de la villa el alcalde de la localidad, Giuliano, amigo de Marcello desde la infancia. Él estaba seguro de que no le pondría ningún reparo en desplazarse hasta allí, dado que habían conservado su amistad aunque hablaran con menos frecuencia desde que Marcello se quedó a vivir en España. Pensé con un poco de angustia que teníamos mucho trabajo por hacer. Había que reservar los billetes de avión para nosotros y nuestros invitados y prepararlo todo para acogerlos en su casa. Además habría que pensar en el banquete de bodas. Lo que estaba claro es que tenía que hablar con mi hija cuanto antes para que me confirmara quién podía venir. Yo esperaba que ninguno tuviera problemas en el trabajo para tomarse un par de días libres antes del fin de semana que había pensado para llevarlo a cabo. Estaba convencida de que cuatro días en Italia supondrían un respiro mágico después de los últimos acontecimientos funestos. Carla me había contado que la muerte de María, y más en aquellas terribles circunstancias, había causado en el grupo de amigos un impacto enorme hasta el punto de que ninguno parecía ser el mismo. Me dijo que en las ocasiones en que se reunían evitaban referirse a lo sucedido como si buscaran olvidarlo cuanto antes, como si nunca hubiese ocurrido. Sin embargo, era obvio que el hecho estaba presente en todas las mentes y que en las habituales reuniones de los viernes en el Beso de Luna faltaban dos personas, ya que Eva se había negado a participar desde entonces en aquellos encuentros. Por todo ello albergaba la esperanza de que el viaje a Italia cambiara un poco las cosas. Pronto lo sabríamos, me dije. Pensaba llamar a Carla en cuanto terminara de secarme.

Eva

El timbre comenzó a sonar con insistencia justo cuando comprendí que iba a perder el conocimiento sin remedio. Milagrosamente, la garra se aflojó de mi cuello y volví a tomar con dificultad una bocanada de aire.

—**Ve a ver quién es, pero si dices algo te rompo la laringe en un segundo** —amenazó Patricia en su nueva versión terrorífica.

Sufrí un acceso de tos hasta que por fin pude aclarar mi garganta, pero el corazón parecía a punto de explotarme en el pecho. Sin atreverme a mirar hacia Patricia, poseída ahora por un ser que me aterraba, alargué mi brazo hasta el videoportero sintiendo su presencia detrás de mí y pulsé la tecla, apareciendo en la pantalla la imagen de Mel sujetando de la mano a Alejandra. Un estremecimiento de pánico recorrió mi espalda. ¿Qué iba a hacer ahora?, pensé consternada. No me atrevía a abrir: aquel ente podía hacerles mucho daño. Sin embargo, tuve la impresión de que él leía mis pensamientos, pues enseguida intervino para obligarme a decidir.

—**Abre, tu amiguita es muy guapa. Y no se te ocurra decirle nada de mí** —añadió en tono lascivo mientras deslizaba un pulgar amenazante por mi garganta.

Una corriente helada se abrió paso en mis entrañas al recibir el tacto de aquel dedo. Sin encontrar otra salida, maldiciendo para mis adentros, apreté el botón que accionaba la puerta y las vi acercarse por el sendero del jardín con el estómago encogido. Tenía que alertarlas pero no se me ocurría cómo.

—Hola, pensaba que estabas sola. No sabía que ella había venido a verte —dijo Mel tras besarme.

Observé aterrorizada por el rabillo del ojo el brillo malvado que se materializó en las pupilas de Patricia. Sin saber qué hacer, advertí que Mel estaba aproximándose para besarla, pero providencialmente la manita firme de Alejandra tiró de ella hacia atrás obligándola a volverse hacia la pequeña.

—¿Qué pasa, cariño? —preguntó Mel extrañada, agachándose a la altura de la niña.

—Es el hombre malo... —la oí susurrar con una vocecita asustada, mientras tendía la otra mano hacia Mel ofreciéndole lo que llevaba fuertemente apretado entre los dedos.

Las dos cruzamos una mirada aprensiva durante una décima de segundo. Mel reaccionó con rapidez agarrando lo que la pequeña le estaba dando y lo extendió con decisión ante la cara de Patricia, que retrocedió como si hubiera visto al diablo. Yo no entendía nada, pero abrí la boca perpleja al reconocer el objeto que mi amiga había enarbolado como defensa: su vieja camiseta negra con las letras blancas en el pecho proclamando NO VOY A DISCULPARME. Y sobre todo me quedé de piedra al darme cuenta del efecto que había producido en Patricia. Mientras huía hacia atrás, una especie de sacudida hizo tambalear su cuerpo y, apoyándose en la pared, comenzó a contemplarlo todo aturdida, como si no supiera dónde estaba.

—¿Qué... hago aquí? —preguntó con los ojos dilatados por el miedo.

—Llegaste hace un minuto, ni siquiera me ha dado tiempo a ofrecerte algo para beber. ¿Te encuentras bien?, estás blanca... —le dije disimulando lo más que pude mi estupor. Me volví un instante para mirar significativamente a Mel.

—No recuerdo nada del trayecto desde mi casa hasta aquí, de hecho... no recuerdo haber entrado. Perdona, Eva, pero tengo que irme —declaró visiblemente alterada.

Las tres seguimos con la vista a Patricia mientras desaparecía atravesando el jardín hacia la calle. Mel cerró despacio la puerta y fui consciente de que la niña todavía permanecía aferrada en silencio a su pierna.

—¿Me vas a contar qué ha pasado aquí? —me preguntó sin disimular su desconcierto. Aún sujetaba con fuerza en la mano derecha la mítica prenda.

—¿Y tú me vas a decir por qué coño has traído la camiseta y qué clase de sortilegio has hecho con ella? —repliqué excitada.

—Necesitaremos una copa —dijo adentrándose en el salón con Alejandra en brazos y el viejo talismán echado sobre un hombro—. ¿Tienes vino?

Fui hasta la cocina para sacar una botella y dos copas junto con un batido para la pequeña. Por fortuna la niña aparentaba estar mucho más tranquila. Al cabo de unos minutos salí con la bandeja y la deposité sobre la mesa de té. Pensé que debía de hacer algo para que Alejandra no escuchara lo que tenía que contarle a Mel. Desaparecí por el pasillo y regresé al momento con una pelota que puse entre sus manos.

—Ve a jugar al jardín, ¿vale? —le dije.

—Vale —contestó con su vocecita inocente mientras sujetaba el balón con fuerza. Pareciendo olvidarse por completo del batido y de todo lo que había ocurrido, salió a todo correr hacia la puerta abierta que conectaba con la parte trasera de la casa.

—Bueno, suéltalo —le dije tras abrir la botella y servir el vino, dejándome caer pesadamente en el sofá junto a Mel. Agarré de inmediato la copa y di un largo sorbo esperando su respuesta.

La camiseta estaba extendida sobre el respaldo entre nosotras dos y la contemplé con desazón. Ella tardó unos instantes en contestar, tomándose su tiempo mientras saboreaba la bebida; después comenzó a hablar.

—Hace un rato me encontraba escribiendo en el ordenador; Alejandra se acercó, se subió sobre mis rodillas y me dijo como si tal cosa: «María quiere que le lleves tu camiseta a Eva». Como podrás comprender, me he quedado helada. —Se interrumpió para beber otra vez—. Entonces la niña me observó con cara de concentración y dijo despacio, como si estuviera recordando algo: «No voy a dis cul par me». Al darse cuenta de que yo la miraba estupefacta me cogió de la mano y, estirándome para que me levantara, me gritó: «Rápido». No sabes lo que me ha costado encontrar la dichosa prenda, ya la había retirado de la circulación en el fondo del armario. Pero ahí la tienes, Alejandra se ha empeñado en traértela ella misma.

Yo me quedé callada sin saber qué pensar, observando lo que supuestamente me había salvado la vida.

—Pues no sabes lo oportunas que habéis sido —dije despacio, tomando un trago de vino después de frotarme de forma inconsciente el cuello dolorido. Noté que la mano que sujetaba mi copa temblaba de manera ostentosa.

—¿Qué ha querido decir Alejandra con lo del hombre malo?, ¿qué está pasando, Eva? —preguntó Mel con cautela.

—Patricia —carraspeé—, me ha visitado a menudo desde que ocurrió... aquello. Pero lo que ella no sabe es que María la ha estado utilizando de vehículo para estar conmigo.

—¿Qué me estás diciendo? —inquirió con el ceño fruncido, intentando procesar lo que acababa de oír.

—Que la que viene a verme es María dentro de su cuerpo —afirmé contundente.

—Eva, eso... —comenzó a replicar con los ojos como platos.

—Es una locura, lo sé, pero te aseguro que es verdad. Tú me conoces, ¡joder!, yo no juego con estas cosas, me dan terror.

—Pero, ¿Patricia sabe...?

—No es consciente de lo que está pasando. Afortunadamente, cuando María sale de su cuerpo no se acuerda de nada.

—Debe de estar volviéndose loca con esta situación, se ha ido muy alterada.

—Ya lo sé, Mel, pero no puedo renunciar a ella —contesté, omitiendo lo lejos que habían llegado las visitas de mi amante, hasta qué punto habíamos utilizado ambas aquel vehículo.

—Eva, esto no es sano, debes seguir con tu vida. Y María... ha de ir donde le corresponda.

—¿Crees que no lo sé? Y sobre todo después de lo que ha pasado hoy —contesté, mientras vaciaba los restos de la botella en mi copa y la apuraba de un trago.

Mel esperó callada a que continuara.

—Ella me advirtió nada más llegar que no venía sola.

—¿Cómo? —preguntó confusa.

—María se esfumó de repente del cuerpo de Patricia y tomó su relevo un hijo de puta que en principio no reconocí —le dije retirándome el flequillo hacia atrás con un movimiento nervioso. Me entraban escalofríos tan solo de acordarme—. Al mismo tiempo comenzó a sonar en el salón una música horrible y Patricia, o mejor dicho el que estaba dentro de ella, me agarró del cuello. Me hubiera ahogado si no hubierais aparecido.

—Eva... —dijo cogiéndome de la mano. En ese momento yo temblaba de forma evidente.

—Al principio no sabía qué estaba pasando —continué—, quién se había apoderado de su cuerpo, pero después de lo que ha dicho la niña solo se me ocurre una persona: el cabrón que mató a María —solté con los puños apretados—. No nos va a dejar en paz ni después de muerto.

—Escúchame, Eva —dijo Mel poniendo la mano sobre mi hombro para intentar calmarme—. Si esta locura es cierta, al menos hemos encontrado la manera de mantenerlo a distancia. Quédate la camiseta y, si Patricia aparece, te la pones antes de abrir la puerta; pero por tu bien te recomiendo que te despidas de María cuanto antes o esta historia va a acabar haciéndote mucho daño.

No me sentía capaz de contestarle. Me levanté y fui hasta la cocina volviendo con otra botella de vino y algo para picar. Llené las copas de nuevo y me dejé caer en el sofá. Alejandra asomó su cabecita en aquel instante por la puerta del jardín; con la pelota en la mano, entró trotando y fue hasta la mesa para dar un buen sorbo a su batido. Las dos la observamos con admiración. Era asombrosa la manera en que la niña vivía todos aquellos acontecimientos terribles y extraños intercalándolos de forma natural con sus juegos.

Más tarde, cuando ambas se fueron, permanecí encogida, abrazada a mis piernas sin poder apartar los ojos del improvisado amuleto protector. La camiseta, extendida sobre el respaldo, parecía sonreírme. De repente reaccioné empujada por la necesidad de sobrevivir a todo aquello y me acerqué hasta el aparato de música. El gran Freddy Mercury comenzó a llenar el salón gritando lo que martilleaba en mi cabeza en aquellos momentos, mientras yo me dedicaba a dar buena cuenta del resto de la botella: «*... the show must go on, inside my heart is breaking, my make-up may be flaking, but my smile still stays on...*». El espectáculo debía continuar.

Patricia

Salí como una exhalación de casa de Eva y conduje durante un tiempo enredada en pensamientos confusos sin ser muy consciente de hacia dónde me dirigía. Finalmente detuve el coche junto al paseo marítimo y comencé a caminar hasta la playa. No tenía ni idea de lo que me estaba ocurriendo. Con las sandalias en la mano, me hundí en la fina arena que comenzaba a enfriarse a esas horas del atardecer y me dejé llevar por el alivio de la agradable esponjosidad en los pies. A lo lejos algunos bañistas rezagados empezaban a recoger sus cosas. La brisa marina se empeñaba en alborotarme la melena mientras yo intentaba apartarla torpemente de la cara con los dedos. Acabé fundiendo mi mirada en el agua buscando respuestas. Lo único que tenía claro era que mis ausencias estaban relacionadas con Eva, ya que, como me había ocurrido en las otras ocasiones, cuando volví de mi último trance estaba en su casa. ¿Cuántas veces me había escapado para ir a verla?, ¿qué había pasado en esos encuentros?, grité en silencio, pretendiendo absurdamente una contestación de la inmensidad del mar. Yo quería a Sara, de eso estaba segura, pero tenía que reconocer que algo desde dentro me impulsaba hacia Eva. Además sabía que había sucedido alguna clase de encuentro sexual entre nosotras, aunque ella se empeñara en ocultármelo. Pude constatar las huellas físicas. Lo que no entendía era qué fuerza misteriosa se había apoderado de mi cerebro hasta el punto de hacerme olvidar aquellos hechos. ¿Tendría su explicación en lo que la gente llamaba mala conciencia?, me repetía a mí misma. Rebuscaba una y otra vez en mi cabeza algún indicio de atracción consciente hacia Eva, pero ella nunca había sido mi tipo. Me caía bien, eso no podía negarlo, además estaba segura de que habría cientos de personas dispuestas a irse con ella a la cama; era decidida, rebelde y tremendamente seductora para las que preferían a las mujeres con un poco de pluma, pero a mí siempre me habían atraído las mujeres femeninas. Cuanto más pensaba, menos razones encontraba para esa infidelidad oculta a mi propia mente reflexiva. Sin embargo los hechos mandaban y no podía ignorarlos: estaba acostándome con Eva a escondidas, incluso a espaldas de mí misma. Tenía en mente obligarla a revelar la verdad sobre nuestros encuentros y, si estaba en lo cierto, afrontar mis verdaderos sentimientos y decidir qué hacer con mi vida; esa vida que se tambaleaba al borde de la cordura.

Minutos más tarde conducía de regreso con las ventanillas bajadas deseando inútilmente que el viento despejara de una vez mis dudas, que alejara para siempre mis sospechas. Sara me esperaba tomándose un té helado recostada sobre la hamaca de la terraza. Me entretuve durante unos instantes en observarla, apoyada en el marco de la puerta. No me había oído entrar. Pensé en lo preciosa que era y me recreé en su mirada relajada perdida en la lejanía. El fino vestido de algodón blanco que usaba para ir cómoda por casa cubría su cuerpo hasta medio muslo. Me encantaba esa prenda que contrastaba con el color caramelo de su piel, que se acoplaba a sus formas sensuales dejando adivinar sin dificultad lo que escondía debajo. Los pies reposaban desnudos sobre la tela de la tumbona. Me acerqué a ella y susurré «hola» junto a su oído. Sara dio un respingo, pero conseguí calmarla con un suave beso que deposité en sus labios.

—Me has asustado, no te he oído entrar —dijo, mostrándome al sonreír las pequeñas arruguitas de la comisura de sus labios que tan eróticas me resultaban.

Me senté en el borde de la hamaca y, colocando sus pies sobre mí, comencé a masajearlos suavemente pero con energía. Los ojos de Sara se cerraron a su pesar y se le escapó un gemido. Entonces arranqué la taza de té de entre sus dedos y la puse con cuidado sobre la mesita que tenía al lado. Noté cómo se esponjaba sobre la tumbona mientras yo continuaba manipulando con dedos firmes sus pies doloridos tras el día de intenso trabajo. Pequeños quejidos salían de su boca de forma inconsciente provocados por el goce que le estaban procurando mis manos. Sin poder evitarlo, empecé a excitarme al escuchar los sonidos voluptuosos que emergían de la garganta de Sara y, con premeditación, extendí el masaje hacia arriba, palmo a palmo, subiendo por sus piernas. En respuesta a mi avance, sus gemidos aumentaron de intensidad al tiempo que se retorcía de placer bajo la presión de mis dedos expertos. Yo era consciente de que hacía mucho tiempo que echaba de menos mis caricias, así que seguí ascendiendo, centímetro a centímetro, sin encontrar resistencia. Mis pulgares se deslizaron osados por las ingles de Sara, apartando el borde de la ropa interior para juguetear con su vello y, con una lentitud exasperante, continuar en su progreso hasta acabar tropezando con vertientes sinuosas, hinchadas y resbaladizas, desbordadas de un elixir sedoso cuyo tacto consiguió enervarme todavía más. Sara echó los brazos hacia atrás aferrándose al respaldo de la hamaca y, mordiéndose los labios para no gritar, se entregó sin remedio al fuego que tanto había anhelado en los últimos días, a las llamas que buscaban acallar sus dudas. En aquel instante sustituí golosa la impaciencia de las manos por el ansia de mi lengua, que se introdujo irreverente por el lugar donde antes navegaban mis dedos recorriendo el mapa de placer que conocía de memoria.

Todo volvía a su lugar, pensé, mientras permitía que las incertidumbres se ahogaran en el éxtasis de la mujer que se deshacía en mi boca.

María

—**Puta, no te vas a salir con la tuya**.

Le vi alejarse a través del magma denso y gris preguntándome cuál sería su próximo ataque. Me había asustado muchísimo tras la última incursión, puesto que aquel ser inmundo casi había matado a Eva; por fortuna Alejandra había llegado a tiempo con el talismán improvisado. Acerté al elegir la camiseta de Mel, que se había convertido en un objeto con aura mágica acrecentada y fortalecida por el transcurso de los años. Mi amiga la había cargado con un halo de energía protectora al utilizarla para defenderse del dolor ante sus fracasos sentimentales. La fe que ella había impregnado en esa prenda la había convertido en un escudo real. Sabía que durante algún tiempo *El Otro* permanecería bloqueado por el amuleto, así que no podía perder ni un minuto si quería llevar a buen término mi objetivo: conseguir que Eva fuera alejando paulatinamente el sufrimiento y comenzara a abrirse a otra persona. Eso la llevaría, aunque me costara asumirlo, a superar el duelo y decirme adiós de forma definitiva. Yo era consciente de que debía ir adonde me correspondía, abandonar el limbo temporal y seguir mi camino; pero alcanzar el fin que me había propuesto para ayudar a Eva estaba resultando más difícil de lo que había imaginado. Y también se me estaba escapando de las manos el asunto con Patricia. No había entrado en mis planes perjudicarla a ella y mucho menos a su pareja, pero estaba siendo inevitable que se produjeran daños colaterales. Tendría que andar con más cuidado en las incursiones; es más, debería acabar cuanto antes con esta locura, pero mi alma también luchaba contra el hecho de alejarme de Eva para siempre. Para siempre era una idea demasiado dolorosa en mi nivel de conciencia, aunque intuía que cuando alcanzara mi auténtico destino todo ello carecería de importancia. Sin embargo seguía midiendo las cosas, los sentimientos, los deseos, con parámetros de la vida material que acababa de abandonar, no lo podía evitar. Era yo quien había elegido ese estado intermedio, el paréntesis que me permitiría realizar una despedida que me había sido negada por la brusquedad de mi desaparición. No obstante ya estaba decidido: debía pensar seriamente en el adiós definitivo.

Escruté el espacio plomizo que me rodeaba y comprobé con cierta tranquilidad que, hasta donde mi percepción podía alcanzar, no había ni rastro del ser repugnante con el que compartía de forma involuntaria aquel lugar. Aunque tenía claro que se trataba de un respiro momentáneo.

Eva

Estaba a punto de irme cuando Patricia llamó a la puerta de mi despacho. Sin poder evitar que se notara el cansancio en mi voz, la invité a pasar.

—Hola, quería hablar contigo —dijo con expresión seria.

—Tú dirás —contesté, mientras una luz de alarma se encendía en mi cerebro.

—Aquí no; si no te importa, preferiría hablar fuera del trabajo. ¿Te parece bien que nos tomemos una copa más tarde en el Café de las Horas?

—Vale, yo ya he terminado por hoy —contesté intentando aparentar naturalidad, aunque los nervios comenzaron a atacar mi estómago.

—A mí me faltan todavía unos minutos, ¿me esperas allí? No tardaré en acudir —añadió yendo hacia la puerta.

—De acuerdo, iré pidiendo algo —le dije, como si el encuentro que iba a producirse fuera una reunión casual entre amigas.

En cuanto Patricia cerró la puerta me senté tras la mesa y, volviéndome hacia el ventanal, centré la vista en la plaza. El tráfico era intenso alrededor del monumento. Dirigí la mirada hacia el cielo reclamando ayuda con desesperación, pero este tan solo me devolvió su inoportuno azul radiante. Sabía lo que ella iba a decirme y no tenía ni la menor idea de cómo iba a escapar del atolladero. Estaba causando problemas en su vida, de eso estaba segura. Las horas a las que me había estado visitando no dejaban mucho margen para dar explicaciones. Además Patricia salía de mi casa sin ducharse, con lo que difícilmente podía ocultar a la persona que vivía con ella lo que había estado haciendo. Ordené con nerviosismo los documentos esparcidos por la mesa y agarré las llaves del coche y el móvil. Abandonando el frescor del aire acondicionado del despacho, me sumergí en el calor pegajoso de la calle que me golpeó en la cara. Necesitaba pensar, despejar mi cabeza, por lo que decidí no coger el automóvil y dar un paseo hasta el lugar de la cita; al fin y al cabo el sitio en el que había quedado con ella no estaba demasiado lejos. Con paso firme dejé atrás la plaza y atravesé los jardines de la Glorieta caminando ofuscada entre los magnolios, los hibiscus y los ficus centenarios con sus enormes troncos retorcidos propios de un bosque de duendes. Los pensamientos que llenaban mi mente no me permitieron disfrutar del entorno que tantas veces había admirado; incluso durante mi deambular por la calle de la Paz no me entretuve, como otras veces, en admirar edificios, tiendas, o transeúntes, obsesionada por la magnitud del encuentro que iba a tener lugar. La catedral fue testigo de mis pasos meditabundos y, dejando a mis espaldas la torre del Micalet, desemboqué por fin en la concurrida Plaza de la Virgen con el mismo ánimo con el que me hubiera internado en un callejón oscuro y gris. Ni siquiera alcé la cabeza para echar un vistazo a la Basílica de los Desamparados o al gentío que disfrutaba del sol y del ambiente en las terrazas. Mis pies ciegos sortearon de forma inconsciente palomas, jóvenes, niños, ancianos y demás seres errantes que se cruzaban siguiendo el rumbo indeterminado de un día ocioso. Caminando como una autómata, terminé de atravesar la plaza hasta alcanzar la callejuela desde la que vislumbré ya la entrada del Café de las Horas. Nada más empujar la puerta recibí con alivio la calma del lugar y me envolvió al instante la grave voz de Yves Montand proclamando «*... mais la vie sépare ceux qui s'aiment, tout doucement, sans faire de bruit, et la mer efface sur le sable les pas des amants désunis...*». Tan solo una pareja ocupaba una de las mesas centrales del local y de inmediato me sentí arrastrada por el ambiente embriagador derivado de la decoración ecléctica: antiguas mesas y sillas de madera oscura, espejos y marcos de todos los tamaños, bustos clásicos de piedra y, cubriendo los muros, ornamentos verdes y granas entremezclándose promiscuos con molduras doradas. Frente a la puerta, una pileta de piedra recibía un cantarín chorro de agua bajo un torrente de flores y frutas que se descolgaban desde el techo. Cortinas teatrales de oscuro carmesí pendían en distintos puntos y separaban los servicios de la parte central del café. Fui hasta el camarero que se encontraba atareado tras la barra y le encargué una jarra de Agua de Valencia para dos, dirigiendo después mis pasos hacia una sala semioculta a la izquierda del local; se trataba de una estancia pequeña y reservada, con asientos esculpidos en la misma piedra que posiblemente habría formado parte de una casa señorial del siglo XIX. Me senté al fondo, dejando atrás la erosionada escalera que comunicaba con una pequeña sala en la planta superior, y me entretuve en admirar el entorno mientras aguardaba el cóctel. Mis ojos se recrearon en las estrellas doradas del techo sobre fondo azul oscuro, las vigas de madera gastada, las urnas de cristal que, tenuemente iluminadas, exhibían diminutas figuras de piedra pretendidamente antiguas así como viejas vasijas de vidrio de colores. A mi espalda, en la repisa bajo la ventana, la pequeña figura pétrea de una mujer semidesnuda yacía reclinada tan cerca de mí que parecía susurrarme al oído. Al cabo de unos minutos, el joven camarero se acercó con la bandeja portando la jarra y dos copas anchas de cava. En cuanto hubo desaparecido, me serví y acerqué el cristal a mis labios; el sabor del zumo de naranja natural, adulterado con cava y una cantidad perceptible de alcohol blanco, quizás una mezcla de ginebra y vodka, alcanzó mis papilas gustativas. Se trataba de una combinación dulce y ácida a un tiempo, y también peligrosamente fácil de absorber. Dejándome llevar por el agradable *crescendo* de calor en mi organismo, me apoyé contra el respaldo e intenté pensar en lo que iba a decirle a Patricia. No habían transcurrido ni cinco minutos cuando su cuerpo arrebatador, ahora tan familiar y cercano, atravesó la entrada del reservado y se sentó de forma decidida ante la mesa. Se había colocado tan próxima a mí que podía rozar su pierna con la rodilla.

—He pedido Agua de Valencia —dije, señalando la jarra casi llena que descansaba sobre la pequeña mesa redonda—, pero si te apetece otra cosa...

—No, está bien —contestó, llenando su propia copa.

Llevándose el cóctel a los labios, dio un buen sorbo antes de levantar la vista y posarla inquisidora sobre mí.

—Tú dirás —dije tragándome el nerviosismo.

—¿Qué está pasando entre tú y yo? —preguntó directa.

—¿Qué quieres decir? —me evadí, removiéndome inquieta en el asiento.

—Lo sabes perfectamente —contestó sin apartar los acusadores ojos verdes de mi rostro.

—No sé de qué me hablas —defendí tajante, apurando la copa mientras volvía a servirme de la jarra.

—¿Estás segura? —La voz retadora acompañó la acción de su mano avanzando hasta mi cinturón con intenciones inconfundibles.

La frené instintivamente asiéndola por la muñeca mientras la contemplaba incrédula.

—Suéltame —exigió Patricia recalcando las sílabas.

Tragué saliva, confusa. Poco acostumbrada a recibir órdenes, y menos en aquel tono incontestable, me vi obligada a soltar su brazo y concentrar los sentidos, a mi pesar, en cómo comenzaba a desabrochar la hebilla y liberaba, uno a uno, los botones de mi pantalón. No podía apartar los ojos de su expresión dominadora, casi hiriente, al tiempo que la mayor parte de mi cerebro se entregaba a las sensaciones que las manos estaban transmitiéndole a mi piel. Prácticamente dejé de respirar cuando sus dedos suaves se internaron bajo mi ropa separando los labios cada vez más resbaladizos. Me di cuenta de que no podía sostener por más tiempo la mirada desafiante de Patricia; mis ojos se cerraron y eché la cabeza hacia atrás dejando escapar un gemido, rendida a sus caricias, mientras la música me iba envolviendo creando un sortilegio sensual.

—A esto me refería —dijo mientras retiraba bruscamente la mano.

Con la mirada nublada, observé atónita cómo se llevaba los dedos a la cara y aspiraba el aroma impregnado en ellos.

—Ya no me cabe ninguna duda: eres tú —dijo fríamente, como si estuviera acostumbrada a hacer cosas como aquella todos los días.

—¿Por qué haces esto? —pregunté con voz ronca.

—Porque quiero que me expliques cómo comenzó y por qué no recuerdo nada de lo que hemos hecho.

—No hay nada que recordar —contesté irritada, mientras me abrochaba atropelladamente el pantalón observando inquieta la entrada del reservado. Intentaba ganar tiempo para sobreponerme a la alteración que me había producido.

—Mira, Eva, me estoy volviendo loca y quiero saber si la causa vale la pena —añadió acusándome con la mirada.

—Te repito que no ha pasado nada —solté tozuda, luchando por controlar las hormonas desatadas en mi cuerpo.

—Como quieras, no te lo volveré a preguntar, pero voy a decirte algo: quiero a Sara, y lo que haya estado sucediendo entre nosotras no debe volver a ocurrir. No lo voy a permitir, ¿me has entendido?

—Perfectamente —contesté categórica, centrando la vista en mi copa.

Patricia se levantó y noté que me observaba en silencio. Por mucho que sus ojos intentaran lacerarme, su mano me había herido mucho más; de hecho, y para mi consternación, aún la sentía entre mis piernas.

—Confío en que esta cita y todo lo ocurrido quede borrado en cuanto salga por la puerta. En un futuro me gustaría recuperar a mi amiga Eva —dijo como despedida, y desapareció del reservado.

Volví a llenar la copa, la vacié de golpe y me dejé caer hacia atrás tomando aire, sin poder evitar que mis dedos viajaran inconscientes hacia la entrepierna todavía palpitante.

—Joder... —dije en voz alta, mientras la mano derecha continuaba acariciando rítmicamente la parte de mi organismo que reclamaba a gritos una satisfacción. No la podía parar, parecía tener vida propia.

Patricia había provocado que traspasara una barrera desde la que era muy difícil volver atrás. Me levanté deprisa para salir de aquel espacio que se había vuelto claustrofóbico y, apartando de un manotazo impaciente las densas cortinas que separaban el local de la zona de los baños, entré y cerré el pestillo apoyando la espalda contra la puerta. Sin siquiera plantearme lo que estaba a punto de hacer, con el pensamiento volviendo una y otra vez a la escena que acababa de protagonizar, a los dedos de Patricia tocándome, a sus ojos observando mi reacción mientras me forzaba a rendirme, me desabroché el pantalón y comencé a frotar con frenesí la turgencia que crecía entre mis yemas. Estaba a punto de alcanzar el límite cuando unos fuertes golpes en la puerta interrumpieron mi frenética carrera hacia el orgasmo.

—¡Eva, abre!

Era la voz de Patricia.

Sin pensarlo dos veces, moví el pasador y abrí lo suficiente para agarrarla por la muñeca e introducirla de un tirón en el baño. Fue ella entonces quien tomó la iniciativa, empujándome con suavidad contra el lavabo. Se arrodilló y, sacando mi ropa por los pies, separó mis piernas para observar con deleite el manjar jugoso que se ofrecía ante sus ojos. Contemplé cómo se mojaba los labios, golosa, mientras yo respiraba entrecortadamente, ávida por culminar lo que había empezado. Obligándome a apoyarme contra el borde, Patricia me subió las piernas por encima de sus hombros. La hubiera dejado hacer cualquier cosa en ese momento.

—¿Creías que te iba a dejar resolver esto sola, pastelito?

—¡Dios mío, María...! —dije con voz ahogada, al tiempo que recibía la boca de mi amante arrastrándome hacia la meta.

Sentí cómo se apoderaba de mí la enajenación del clímax. Una ola tras otra fue rompiendo contra la arena de mi razón conduciéndome al placer, mientras los fuertes brazos de Patricia me sujetaban con firmeza. Ella me gobernaba a su antojo, tensando mi cuerpo como la cuerda de una guitarra para transformarlo un segundo después en la gelatina más dúctil.

Minutos más tarde, antes de abrir la puerta, recordé algo y me volví hacia atrás.

—Lávate la cara, cariño.

Yo me había negado a pisar el Beso de Luna desde la muerte de María, me resultaba impensable regresar a determinados lugares sin ella. Además, no sabía cómo ocultar mi situación con Patricia ante el resto de mis amigos. No obstante, Mel había conseguido al fin convencerme para que saliera a tomar algo con ellos. En plena explosión del verano, el local estaba repleto de gente relajada que deambulaba perezosamente por los jardines. Acompasando mis pies al ritmo marcado por el *Mea Culpa* de Enigma, me dirigí con cierta inquietud hacia la pérgola que dominaba nuestro lugar habitual y comprobé con alivio la presencia de Fran, Iván, Mel y Carla. Sara y Patricia no habían ido. Fran fue el primero en verme, se levantó con rapidez y acudió a mi encuentro.

—Me alegro de que hayas decidido venir —declaró, poniéndome un brazo protector sobre los hombros.

Llegué hasta el grupo arropada por mi amigo, los besé a todos y me senté junto a Mel.

—Habéis dejado a la niña con Álex, supongo —le dije a Carla.

—Claro, espera ansiosa los viernes para poder ejercer de abuela —señaló sonriendo—. Siempre se está quejando de que la ve poco.

—¿Habéis recibido la invitación? —pregunté.

—Sí, por eso teníamos interés en hablar contigo. ¿Vas a venir, verdad?, no puedes negarte... —insistió Carla.

—No creo, sabéis que no soy la mejor compañía en estos momentos.

—No digas estupideces —soltó Mel—. Además, aún no has disfrutado de tus vacaciones. Te va a venir de miedo una escapadita a Italia.

—No me presiones, Mel —le rogué.

—¿Cómo que no te presione?, ¡te obligaré si hace falta!

—Vale, de acuerdo, lo pensaré, pero déjame en paz.

—No podemos dejarte en paz, lo tenemos encima y a todos nos haría tanta ilusión que vinieras... —añadió Fran.

—¡Vale, iré, dejadlo ya! —dije por fin levantando las manos en señal de rendición.

—¡Esta es mi Eva! —exclamó Mel efusiva. Me cogió la cara y plantó un sonoro beso en mis labios.

—¿Qué celebramos?

Todos nos volvimos al unísono al escuchar la voz de Patricia. Yo no pude evitar que se me escapara una mirada furtiva a la camiseta blanca que ceñía su pecho, dejando adivinar sutilmente la forma de los pezones. Me maldije para mis adentros al sentir calor en las mejillas, ya que fui consciente de que me había ruborizado.

—¡Que Eva ha decidido ir a la boda! —exclamó Iván sonriente.

—Bueno, eso es estupendo —contestó Patricia poco efusiva, mientras se sentaba en el espacio libre junto a Iván arrastrando a Sara con ella.

—Voy a por una copa. ¿Qué queréis tomar? —pregunté poniéndome en pie, sin mirar hacia ningún lado en concreto. Necesitaba salir de allí cuanto antes.

—Te acompaño —dijo Sara con la suavidad habitual, dirigiéndose a continuación hacia su pareja—. ¿Qué quieres, Pat?

—Un bourbon con hielo.

—Muy bien, enseguida volvemos —dijo, levantándose para ir conmigo hacia el corazón del edificio.

Estupendo, pensé con nerviosismo, únicamente faltaba que Sara me hiciera un interrogatorio. Nos acercamos hasta la barra interior que, aunque ubicada más lejos, estaba menos saturada de gente que la del jardín, a tan solo unos metros del rincón en donde acostumbrábamos a reunirnos. Hicimos nuestro pedido a la camarera y esperamos apoyadas en el mostrador a que regresara con las bebidas. Sara se volvió de improviso hacia mí, poniéndome una mano reconfortante sobre el brazo.

—¿Cómo estás? —me preguntó con la expresión más noble que había visto en mi vida. En aquel momento me sentí como una traidora asquerosa.

—Intentando sobrevivir —contesté, forzando una sonrisa que se parecía más a una mueca.

—No había tenido oportunidad de hablar contigo desde...

—Ya, no te preocupes —la corté incómoda.

—Solo quería decirte que me tienes para lo que necesites. Si quieres hablar o lo que sea.

Observé su cara dulce y exótica, los ojos sin maldad, y me hizo sentirme aún peor.

—Gracias, Sara —le contesté, huyendo de su mirada para centrarme en la camarera que en aquel momento nos acercaba dos *Besos de Luna* y un bourbon.

Hicimos el camino de retorno en silencio, sorteando a la gente con cuidado para no derramar las bebidas. Cuando llegamos junto al grupo, Carla estaba hablando de la casa de Marcello.

—Bueno, digo casa por llamarla de alguna manera, pero por lo que me ha descrito mi madre es una villa enorme. ¡Nos va a encantar! Y las vistas sobre el lago deben de ser espectaculares.

Las dos dejamos las copas sobre la mesa, y nos volvimos a sentar en nuestros lugares respectivos. Patricia agarró al instante su bebida y dio un rápido sorbo, lanzándome una mirada analítica; imagino que con la intención de adivinar qué había podido contarle a Sara. No supe hacer otra cosa que bajar la vista como si me hubiera alcanzado un rayo. Aunque el resto parecía centrado en la disertación de Carla sobre el hogar de Marcello, me di cuenta de que a Mel no le había pasado desapercibida la escena. Unos minutos más tarde me pidió que la acompañara a pedir otra copa. Esta vez nos dirigimos hacia la barra más cercana, ubicada bajo un gran cenador en el mismo centro de aquella parte de los jardines. Aunque estaba atestada de personas charlando o reclamando su bebida, Mel me arrastró a propósito hasta aquel lugar para disponer de tiempo suficiente. Supuse que quería hablar conmigo a solas.

—Bueno, ¿me vas a explicar qué está pasando entre Patricia y tú? ¿Se ha enterado de algo?

—¡Joder, es la pregunta del verano...! —bufé, y di un gran trago a mi cóctel.

—Es tan clara la tensión entre vosotras que dudo mucho que no se haya dado cuenta nadie más. Ella no ha dado saltos de alegría precisamente al enterarse de que vas a ir a la boda; a continuación tú te levantas como una exhalación y te largas a por la copa. Y luego la mirada certera que te ha lanzado y que te ha hecho bajar los ojos. ¡A ti, la chica más dura del local! —exclamó riéndose—. Por no hablar del repaso que le has dado en cuanto ha aparecido... ¡Si hasta te has puesto roja! Ahora dime que son imaginaciones mías.

—No se te escapa una, ¿eh? —dije con sorna.

—Es un vicio que tengo, fijarme en las cosas evidentes.

—¿Qué quieres saber? —pregunté, centrando la mirada en el suelo. A ella no podía mentirle.

—Hasta dónde habéis llegado con el tema de la posesión y qué sabe Patricia. Porque espero que Sara no se haya enterado...

Suspiré y la miré a los ojos, meditando la respuesta.

—Estoy hecha un lío, Mel.

—Te has acostado con ella —afirmó Mel, casi esperando que yo lo negara.

Asentí con la cabeza volviendo a llevarme la copa a los labios.

—¡Joder, Eva!, ya te advertí que estabais jugando a algo muy peligroso. ¿Patricia lo sabe?

—Sospecha que algo ha ocurrido, pero no recuerda nada. Está muy mosqueada conmigo.

—¡Como para no estarlo! Lo que no entiendo es cómo puedes hacerlo. Quiero decir que, aunque en esos instantes sepas que es María, tendrás que mirarla en algún momento, digo yo.

—Ese es el problema, que creo que la estoy mirando demasiado... —confesé, y volví a centrarme en mi copa.

—No me digas que...

—¡Ya no sé con quién me estoy acostando! —casi grité, terminándome de golpe la bebida.

—Esto es una locura, Eva. Tienes que dejarlo ya.

—No es tan fácil, María me busca continuamente. Y cuando aparece Patricia por la puerta ya me da todo igual.

—Habla con ella, pídele que se vaya.

—Es lo único que me queda, Mel —contesté con la vista perdida en algún punto del suelo.

—Eso no es verdad, nos tienes a nosotros y te tienes a ti misma. Es hora de seguir adelante y lo sabes. Te aconsejo que aproveches el viaje a Italia para despedirte de ella.

La voz de Carla, que se abría paso con dificultad entre la gente, interrumpió bruscamente nuestra conversación.

—Creía que habíais desaparecido. ¡Ya veo que es casi imposible conseguir otra copa!

Mel

Álex nos había contado que Villa Landi se encontraba ubicada en un lugar privilegiado, encaramada a una colina sobre el lago Bracciano a escasos cuarenta kilómetros de Roma. Nuestros taxis ascendieron por un sendero tortuoso, aunque embriagador en aquella época del año, serpenteando por la ladera cuajada de pinos que delimitaban el camino. El aire nos regalaba oleadas de perfume enardecido por el calor estival. En la cima, una enorme cancela de hierro franqueó nuestro acceso a la propiedad, que se extendía ocupando la loma y era defendida por un recio muro de piedra. Tras comunicarnos con la casa a través del videoportero instalado al lado izquierdo de la entrada, la reja se abrió automáticamente permitiendo que continuáramos por un camino empedrado construido a imitación de las antiguas calzadas romanas. La senda nos condujo con su baile sinuoso a través de un bosque tupido de pinos gigantescos, desembocando de repente en un claro que desplegó ante nuestros ojos el edificio principal. El espectáculo que presenciamos, una vez alcanzado el último recodo del camino, nos dejó a todos con la boca abierta. La fachada de la impresionante casa, a lo largo de la cual se adosaba una columnata de corte neoclásico formando un porche inmenso, se elevaba en dos alturas y estaba sembrada de balcones camuflados tras el malva del espliego y el blanco de las buganvillas, que se descolgaban y volvían a trepar, aferrándose posesivamente a la pared de un salmón desvaído.

Marcello y Álex habían viajado a Italia dos días antes para prepararlo todo. En ese momento salieron a nuestro encuentro junto a cinco personas que no conocíamos para ayudarnos a sacar las maletas de los vehículos. El anfitrión nos presentó a la familia que se hacía cargo de la finca, un matrimonio de unos sesenta años, Remo y Anna, junto con dos hijas y un hijo de mediana edad. La pareja vivía en la casa destinada al servicio, anexa a la finca, pero los hijos tenían su domicilio en el pueblo, Bracciano, a pocos minutos en coche, desde donde acudían todos los días a realizar las labores de mantenimiento de la propiedad. Tras los saludos y abrazos de rigor nos condujeron al interior del edificio, que, en concordancia con el entorno, era de una belleza exquisita. Villa Landi escondía en su corazón un claustro de planta rectangular que abrazaba un patio ornado con bancos de piedra y maceteros repletos de galán de noche, pequeñas flores blancas que emborrachaban las estancias con su perfume en cuanto el sol se ponía. En medio se erguía un hermoso estanque circundado de rocalla, con una fuente central desde cuya cúspide nos vigilaba una mujer desnuda que yacía recostada de medio lado reposando sobre el codo. La figura llevaba el pelo recogido en un moño alto, deshecho en algunas mechas sueltas que caían desganadamente sobre los rasgos equilibrados de su cara acariciando la mano apoyada en la mejilla. Por su expresión, la estatua parecía estar dedicando una sensual bienvenida a los recién llegados.

Las cuatro esquinas del corredor desembocaban en unas escaleras de mármol que conectaban con los dos pisos superiores. Estos estaban abiertos al patio central mediante pasillos perimetrales y arcadas gemelas a las del claustro principal. En ella se situaba la amplia cocina, el salón-comedor, un baño grande y el dormitorio de los novios, donde, a petición de Álex, se quedaría ella con Alejandra esa noche. Marcello debería conformarse con dormir en un cuarto en el segundo piso, como mandaba la tradición el día anterior a la boda.

Cada una de las plantas acogía cuatro habitaciones con su propio baño. En la primera nos alojaron a Carla y a mí y en la parte contraria, en línea oblicua, a Sara y Patricia. En la segunda acomodaron a Eva y, frente a ella, Iván y Fran ocuparon un dormitorio y Marcello el de al lado. Una vez que estuvimos instalados, nos reunimos a una hora temprana para la cena. Habíamos decidido no acostarnos demasiado tarde para poder disfrutar frescos de la boda que se celebraría al mediodía siguiente. El comedor se encontraba ubicado en una pieza amplia presidida por una mesa con robustas patas de madera, en cuya parte superior descansaba un bloque de mármol blanco que, conforme contó Marcello, se trataba de una reliquia familiar que perteneció a sus tatarabuelos. La mesa estaba dispuesta con elegancia y gusto. Sobre la fina mantelería de hilo brillaba el cristal de Bohemia y la cubertería de plata. Esa noche disfrutamos de uno de los platos típicos del lugar, anguila del lago frita con laurel y aceite de oliva de la zona, regado con uno de los mejores vinos blancos de la región: se trataba del Castel de Paolis Frascati, de la denominación de origen Castelli Romani. Marcello había hecho una elección maravillosa. En cuanto me llevé a los labios el líquido extraordinario, no pude reprimir mi admiración.

—Magnífico vino, Marcello —afirmé relamiéndome.

—Sabía que especialmente a ti te iba a gustar —contestó con su sonrisa franca.

—Por cierto, ¿al final quién va a venir a la boda? —preguntó Carla.

—Aparte de mi amigo Giuliano, obviamente, me ha confirmado su asistencia mi hermana Claudia y su hija Nicoletta. Tengo muchísimas ganas de verlas.

—Y yo de conocerlas, ya será hora de que me presentes a tu familia —dijo Álex lanzándole una mirada que quería simular un reproche, pero que surgió cargada de cariño.

—Mañana os conoceréis por fin —contestó Marcello, atrayendo hacia sí a su futura esposa para rozarle la frente con un beso.

Por los amplios ventanales comenzaba a difuminarse la luz del atardecer. Tras la cena, Álex y Marcello se retiraron a descansar. La feliz abuela se llevó consigo a Alejandra para dejarnos un poco de intimidad a Carla y a mí. Los siete restantes salimos a pasear por los alrededores de la villa buscando el emplazamiento que nos había recomendado nuestro anfitrión, el mirador que delimitaba la finca y desde el que se podía admirar el sublime espectáculo del anochecer sobre el lago. Erigido sobre el cráter de un viejo volcán apagado, el lago Bracciano se ofrecía ante nosotros dibujando una estampa de ensueño. Permanecimos bastante rato hipnotizados por la belleza desplegada, pero yo no pude dejar de percibir ciertas cosas al margen de aquella maravillosa contemplación. Eva desvió inconscientemente los ojos hacia Patricia para posarlos de inmediato en la lontananza, con una expresión hermética. La agarré por el hombro con el brazo izquierdo atrayéndola hacia mí, dándole cobijo, al tiempo que con el derecho abarcaba la cintura de Carla; sabía perfectamente lo que Eva estaba sintiendo en esos momentos. A pocos metros vi que Sara y Patricia observaban la superficie del lago cogidas de la mano. Iván, con su pareja apoyada amorosamente en la espalda, miraba embelesado la lámina encendida en llamas por un sol que parecía derretirse en el agua. Para acabar de rematar la escena, el aroma de los pinos en ese caluroso mes de julio embriagaba el aire alterando los sentidos. Cuando la luz hubo desaparecido por completo en el horizonte, sin que ninguno de nosotros se atreviera a romper el embrujo de aquel marco idílico, regresamos sobre nuestros pasos en silencio hacia la acogedora residencia que nos aguardaba.

Carla estaba entusiasmada con la habitación que nos habían asignado. En el centro de la estancia se erguía una enorme cama con dosel de madera de ébano del que colgaban vaporosas cortinas blancas. Estas estaban sujetas a las columnas por medio de cordones trenzados de seda. Tras la puerta acristalada que daba al mirador, un balcón corrido continuaba hacia el oeste del edificio y ofrecía unas vistas espectaculares que abarcaban la entrada de la finca y una extensa parte del lago. Apoyada en la barandilla, mientras abrazaba a Carla por detrás, me dejé arrebatar por el perfume de aquel entorno afrodisíaco que conjugaba el olor de los pinos, del salitre y de la lavanda sembrada en los balcones.

—Vamos dentro —susurré en su nuca. La conocía muy bien; sabía que ella se encontraba especialmente receptiva esa noche y yo la deseaba con locura.

Se volvió al instante quedando atrapada en mis pupilas, que, por la posición en la que me encontraba, debían de estar reflejando el resplandor del agua. Observé con excitación cómo desviaba la vista hacia mis labios entreabiertos. Mis latidos se aceleraron al verla recorrer lentamente el espacio hasta mi boca, zambulléndose por fin en ella como un nadador ciego buscando el abismo sin cordura. Con la sangre hirviendo, la arrastré dentro de la habitación manteniéndola fundida a mis muslos.

—Espera, cariño —me interrumpió jadeante para tomar aire—. No me quedo tranquila si no le doy un beso a

Alejandra, aunque esté dormida... —dijo alejándose de mí con rapidez—. Vuelvo en un minuto.

Sentí casi un dolor físico tras la brusca separación, pero entendía su impulso maternal. Además pensé que, si Álex permanecía despierta, querría hablar con ella. Me senté sobre la cama y respiré hondo, serenando mis pulsaciones. Sin embargo, no habían pasado ni quince segundos cuando la puerta volvió a abrirse de improviso. Contemplé sorprendida cómo mi pareja volvía a entrar y cerraba por dentro girando la llave.

—No te ha dado tiempo...

—Cierto —me cortó con un matiz ronco en la voz—. No puedo esperar.

La vi acercarse a mí con un brillo oscuro en las pupilas que interpreté como deseo y rápidamente me empujó con su cuerpo encima de la cama. Su boca comenzó a besarme con una ansiedad salvaje, haciéndome daño. Noté su lengua entrando bruscamente hasta el fondo de mi garganta. A pesar de mi estado de excitación, me sentí avasallada por el ímpetu de Carla y comencé a navegar entre la sorpresa y el deseo. ¿De dónde había sacado aquella fuerza?, se preguntaba mi mente aturdida. Empezó a quitarme la ropa arrancando varios botones de la camisa sin que pudiera decir una sola palabra, atrapada entre el ansia y la inquietud que hacía rato me invadía. Ni siquiera fui capaz de protestar cuando ella, con manos seguras y firmes, soltó los cordones que sujetaban las cortinas al dosel para atarme las muñecas a los barrotes del cabezal de la cama. Estaba muda de asombro. La piel me escocía bajo las ligaduras que había apretado hasta cortarme prácticamente la circulación. Con movimientos felinos, Carla comenzó a desnudarse frente a mí regalándome la sonrisa más perversa que jamás haya visto en su cara. Tenía los brazos doloridos y me di cuenta de que, a pesar del ardor de mis muñecas y de que empezaba a sentir las manos dormidas, no podía quitar la vista del cuerpo tremendo que se ofrecía triunfante ante mis ojos: me tenían hipnotizada su mirada altiva, los senos erguidos, el ombligo provocador...

—Cariño, aflójame un poco esto —me atreví a decir.

—**Cállate** —dijo recalcando las sílabas. Se acercó hasta la cama y subió a horcajadas sobre mi cuerpo tenso.

Un miedo frío nació dentro de mis entrañas al reconocer que esa forma de hablar no era propia de ella, incluso la voz sonaba distinta. Observé de cerca sus ojos con el afán de descubrir algo escondido tras ellos, una explicación a su comportamiento, pero en aquel instante volvió a atacar mi boca con un beso sediento, brutal, aferrándose con violencia a mis pechos. Bajo la piel caliente y familiar me sentí invadida de forma mucho más cruel que si me estuviera forzando el cuerpo de un extraño. Las manos de Carla apretaban sin piedad mis senos, pellizcaban mis pezones hasta hacerme gritar de dolor.

—Carla, me haces daño... —gemí, cuando pude zafarme de su boca.

—**Yo no soy Carla** —me espetó, abofeteándome con saña.

La miré atónita con la mejilla ardiendo sin creer lo que estaba pasando, pero, antes de que me planteara rechazar la afrenta, un destello de lucidez atravesó mi razón. Las notas de una música espeluznante comenzaron a atronar en mi cabeza de manera inexplicable. Reconocí el tema: *Mitternacht*. ¿De dónde salía aquella canción?, pensé, al darme cuenta de que la oía en mi cerebro. Era consciente de que no provenía del exterior y entonces recordé lo que me había contado Eva. Ya no tenía escapatoria. El pánico se acomodó en mi cuerpo, el terror de sentir la presencia de aquel ente, el espanto de comprobar que estaba a merced de un loco asesino que no tenía nada que perder.

—**Ahora no tienes la maldita camiseta que te proteja** —dijo soltando una risa escalofriante.

Su peso me oprimía contra la cama dificultándome la respiración. Aumentando mi pavor, una mano abandonó el pecho y descendió rastrera a la búsqueda de zonas más sensibles. Instintivamente cerré las piernas, pero lo evitó inmovilizándome con las suyas. El miedo me hizo apretar con fuerza los puños, ya sin sensibilidad por falta de riego sanguíneo. Intuí lo que iba a suceder. De inmediato sentí sus dedos deslizándose entre mis labios y en aquel momento lo que tanto temía se hizo real. Con una brutalidad fría y calculada, sin apartar los ojos de mi cara para no perderse ni un ápice del daño que iba a provocar, me penetró bruscamente hasta el fondo arrancándome lágrimas de dolor. El cazador no soltó la presa y se recreó contemplando cada músculo de mi rostro, el cuello rígido, los ojos anegados, mi boca jadeante que intentaba tomar aire. Fue entonces cuando comenzaron las acometidas feroces, sin tregua, hiriendo mi carne al ritmo de aquella música funesta que reventaba mi cabeza, al tiempo que su mirada animal me vigilaba de cerca disfrutando de la crueldad que ejercía sobre mí, del sometimiento a su fuerza. Cada embestida física iba acompañada de un desprecio verbal desde los labios de Carla que se curvaban deformados por una mueca inhumana. Cerré los ojos para no verla, para que mi mente no pudiera relacionarla con ese espanto. El sufrimiento que me estaba infligiendo era insoportable; sentí que me estaba partiendo en dos, desgarrándome, pero me obligué a apretar los labios hasta convertirlos en dos líneas blancas. No podía darle la satisfacción de que me oyera gritar. Noté algo caliente que comenzaba a recorrer la parte interna de uno de mis muslos. Sangre, dedujo mi pensamiento atravesando una especie de nube densa. Supe que había llegado al límite, que ya no me importaba que me matara. Y en ese preciso instante sucedió el milagro: todo se hizo negro alrededor.

El Otro

Me aparté asqueado del bulto inerte amarrado a la cama; había resultado de lo más frustrante no poder arrancar ni un solo grito de aquella puta. Su actitud estaba pidiendo a gritos que acabara con ella pero no pensaba hacerlo todavía, tendría que sufrir un poco más. Limpié mis dedos en la sábana y me puse la ropa mientras la contemplaba con odio; esperaba otra satisfacción de ella y debía decidir cómo obtenerla. Le dije en voz alta que no se preocupara, que iba a volver enseguida, aunque probablemente no me oyó porque se había desmayado. Abandoné aquella habitación con la promesa de regresar y recorrí el pasillo con pasos firmes sintiendo crecer la ira en mi interior. Todo lo que en el escenario que acababa de dejar me había excitado al principio, proporcionándome un placer perverso, se había ido convirtiendo en frustración y luego en cólera, al darme cuenta de que ella no reaccionaba como había esperado. Esa ramera se había tragado sus gritos. Pero disponía de mucho tiempo y había localizado unos cuantos vehículos perfectos para divertirme. Tenía un objetivo bien definido, así que salí del organismo que me había servido de medio hasta ese momento y observé cómo ella se apoyaba desorientada contra la pared del corredor. «Luego te tocará a ti, preciosa», me dije. Liberado del cuerpo físico, comencé a recorrer a mis anchas las estancias de aquella concurrida casa a la búsqueda de la nueva víctima en la que pretendía alojarme. El jueguecito empezaba a ser muy estimulante...

Carla

De repente me encontré en medio del pasillo junto a la puerta de nuestra habitación. Noté que respiraba agitadamente, pero no sabía a qué podía deberse y además me sentía mareada. ¿Qué hacía allí?, me pregunté inmersa en la desorientación más absoluta. Me vino a la cabeza de improviso que Mel y yo comenzamos un acercamiento que había interrumpido para ir a ver a mi hija. Igual me había bajado la tensión, me dije. Sería mejor que fuera al cuarto donde estaba Alejandra y volviera cuanto antes. Pensé que Mel me estaría esperando impaciente. Con la cabeza todavía algo embotada, descendí hasta la planta baja. Cuando llegué ante la puerta de la habitación de mi madre, la abrí con sumo cuidado para no despertarla, pero la encontré leyendo en la cama. La niña estaba acurrucada a su lado apaciblemente dormida.

—¿Qué haces aquí? —susurró Álex apartando el libro y quitándose las gafas de leer.

—Quería dar un beso a Alejandra y otro a ti para desearte suerte con lo de mañana —le contesté, también en voz baja para no interrumpir el sueño de mi hija.

Me senté a su lado y la besé rodeándola con mis brazos. Al mirar sus ojos la encontré rejuvenecida.

—¿Estás nerviosa? —le pregunté.

—La verdad es que un poco, no puedo dormir. ¿Te quedas un ratito y hablamos?

—No debo, Mel me está esperando —le contesté con una sonrisa.

Adivinando lo que pasaba por mi mente me miró con picardía.

—Entonces no la hagas esperar mucho...

—Ya me voy —le dije volviendo a abrazarla.

Di la vuelta con cuidado a la cama y observé de cerca a mi hija. Oleadas de ternura me asaltaron de repente, pero me contuve y le di un leve beso sin despertarla. Ni siquiera se movió. Después me dirigí a la puerta y la abrí.

—Te quiero —le dije antes de salir.

Cerré despacio y comencé a andar por el pasillo.

Sara

Cuando salí del baño, Patricia no estaba en la habitación. Al cabo de un buen rato, al no dar señales de vida, mi preocupación fue en aumento. Abrí la puerta y me asomé con cuidado pero tan solo vi el corredor vacío. No había ni rastro de ella por las inmediaciones y no sabía qué hacer. Me acerqué al otro lado del patio, donde se encontraba la habitación de Mel y Carla; no tenía ni idea de hacia dónde dirigirme así que, imaginando que aún no se habrían dormido, pensé en preguntarles si la habían visto o si sabían adónde podría haber ido. Di unos suaves toques con los nudillos y esperé, pero nadie contestó. Deduje que no me habrían oído, por lo que, al cabo de unos segundos, volví a golpear la puerta de un modo más contundente y entonces me pareció escuchar a alguien hablando, aunque no alcancé a entender qué decía. Las había despertado, me dije incómoda. Pegué la oreja a la madera y de repente oí con sobresalto la voz de Mel pidiendo ayuda. Un escalofrío de inquietud me subió por la espalda.

—¿Mel? ¡Soy Sara! —grité desde el otro lado de la puerta sin atreverme a abrirla.

—¡Entra, por favor! —rogó angustiada.

Ni en lo más recóndito de mi imaginación podía haber adivinado la escena que iban a encontrar mis ojos al abrir la puerta. Me quedé petrificada ante aquella imagen y tan solo acerté a balbucear.

—¿Qué... te ha... pasado?

Las cortinas traslúcidas que rodeaban la cama parecían querer arropar desde el aire el cuerpo desnudo de Mel, que se encontraba atada por las muñecas a los barrotes del cabezal. Noté que la sangre afluía de golpe a mis mejillas al reparar en que no podía apartar los ojos de ella; no podía dejar de mirar su piel bronceada destacando con una sensualidad arrobadora sobre las sábanas blanquísimas, hasta que me di cuenta de la mancha roja entre sus piernas y quité la vista rápidamente de allí. ¿Qué había ocurrido?, me pregunté aterrada. Sentí que me bloqueaba y no podía moverme.

—Desátame, Sara —dijo Mel con un quejido.

Reaccioné entonces y dirigí la mirada hacia los brazos amarrados. Sobreponiéndome al impacto, fui hasta allí para intentar soltar los apretados nudos de su muñeca entumecida sin permitirme ni por un momento bajar la mirada hacia el resto de su cuerpo. No quería ni imaginar qué había llevado a Mel a encontrarse en esa situación, ni dónde podía estar Carla en aquel momento. En mi afán por liberar el cordón de seda fuertemente hincado en la piel enrojecida, no me percaté de que alguien nos vigilaba desde la puerta. Al escuchar la voz a mi espalda me volví dando un respingo. Carla nos observaba con los ojos echando chispas.

—¿Qué está pasando aquí? —preguntó cortante mientras se aproximaba a la cama.

—Yo... la he encontrado ya así. Lo siento, solo intentaba liberarla... —dije mirando al suelo mientras me dirigía a la salida. No entendía nada, solo quería irme de allí.

—¿Entonces, a qué has venido? —preguntó todavía desconfiada.

Aunque estaba a punto de salir corriendo, antes de cerrar la puerta me di la vuelta para contestar.

—Estoy buscando a Patricia. Ha salido de la habitación y no la encuentro.

En aquel instante el débil eco de unos pasos solapados hizo que me callara de golpe. Entré de nuevo y entorné la puerta. Carla se acercó a mí y a través de la rendija abierta descubrimos a la causante de aquel ruido mal disimulado: Patricia bajaba sigilosamente de la planta superior y se dirigía hacia el cuarto que compartíamos. Esperé unos segundos y, en cuanto la vi desparecer dentro de nuestro dormitorio, salí corriendo sin dar explicaciones dejando a Carla perpleja. Atravesé con rapidez la distancia que me separaba de la escalinata y descendí sin dudar hasta el patio central. No podía regresar a mi habitación, no después de lo que había visto. Patricia volvía del piso de arriba, de la planta donde se encontraba Eva. Hacía tiempo que me había dado cuenta de un cambio de actitud en las dos cuando se encontraban, como si estuvieran incómodas la una con la otra. Nunca había querido dar alas a mis sospechas ni me atreví a preguntar nada, pero lo que acababa de ver confirmaba mis temores y me había herido en lo más hondo. Me senté en un banco del patio, frente al estanque, intentando asimilar todo lo ocurrido en los últimos minutos: la desaparición de Patricia sin mediar palabra aprovechando que yo había entrado en el baño, la incómoda situación que acababa de presenciar en el cuarto de Mel, la aparición de una indignada Carla y, para rematar una noche funesta, el descubrimiento de Patricia regresando sigilosamente de la habitación de su... No fui capaz de completar la frase en mi cabeza. Algo en mi interior se negaba a creer que Patricia me estuviera engañando. Sentada en el frío banco de piedra, bañada por la luz mortecina de las viejas farolas que iluminaban delicadamente el patio, me sentí indefensa ante la mirada sensual de la mujer de la fuente; no pude evitar que mi alma absorbiera el aroma afrodisíaco, casi ofensivo, del galán de noche que manaba a borbotones de las jardineras colocadas entre los arcos del silencioso claustro. Fui azotada sin compasión por el perfume de aquellas provocadoras flores, que trepaban hasta encontrarse en un lúbrico abrazo con el brote impetuoso del macetero más próximo.

Mel

—¿Qué ha pasado aquí? —volvió a preguntar Carla sin moverse de la puerta.

Sara acababa de salir corriendo.

—Desátame, por favor —insistí sin contestar a su pregunta. Me sentía herida en cuerpo y mente y lo último que necesitaba era una bronca que proviniera precisamente de ella.

—No hasta que me digas qué estabais haciendo —dijo indignada con los ojos echando fuego.

¿Cómo podía explicarle lo que había ocurrido?, pensé desesperada.

—Sara te ha dicho la verdad, ha entrado y me ha encontrado así. Estaba intentando soltarme —le contesté, queriendo mantener la calma.

—¿Y se puede saber quién te ha hecho esto?

—¿Me creerías si te dijera que has sido tú? —le dije a punto de estallar.

—¿Me tomas por idiota?

—¡Pues has sido tú! —exploté histérica. Ya no podía controlar mi voz—. ¿Crees que esta situación me divierte?

¡Mira bien la cama! Tengo los brazos dormidos y me duele todo. Si quieres que te lo explique, desátame.

Carla se quedó sin habla ante mi arranque y, sobre todo, ante el sufrimiento que debió de ver reflejado en mis ojos. En ellos podía leerse sin dificultad el dolor por la violación que acababa de sufrir, el tormento que me había infligido su cuerpo y, mucho más lacerante, la herida que me dejaba su insensata desconfianza.

El Otro

Salí de la habitación en la última planta totalmente satisfecho con el vehículo que había encontrado para continuar divirtiéndome. Me desconcertó al principio su mirada; ese hombre parecía haberme visto segundos antes de que me introdujera en él. Pero luego, como había ocurrido con los demás, no opuso ninguna resistencia. Me aventuré cauto por el pasillo, como un felino, descalzo y con el torso desnudo. Encantado con mi nuevo cuerpo musculoso cubierto únicamente con un pantalón blanco de lino, fui desplazándome pegado a la pared hasta la escalera que conectaba con la planta inferior. Estaba dispuesto a realizar otra visita a mi amiga del primer piso. Pero justamente cuando estaba atravesando el corredor hacia su cuarto, el sonido de unos pasos ligeros me hizo detenerme. Me acerqué a la balaustrada para asomarme con cuidado al patio y alcancé a ver la figura de una chica morena sentada frente al estanque. Preciosa criatura, tan frágil... pensé, mientras notaba que una sonrisa lasciva empezaba a formarse en mi rostro recién adquirido. Desviando con determinación el camino que me conducía hasta la mujer atada a la cama, me deslicé con parsimonia y deleite anticipado hacia la imagen sensual y desprotegida que reposaba en el banco. La otra tendría que esperar, me dije. Ya podía sentir cómo la excitación hinchaba cada célula de mi cuerpo joven, ágil y potente.

Sara

Me encontraba de tal forma absorbida por mis oscuros pensamientos que no fui consciente de la presencia que se aproximaba acechándome con sigilo, como una pantera a su presa. Lo único que pude apreciar fue un torso sudoroso que me embestía, aprisionándome contra el banco, a la vez que me tapaba la boca con una garra de acero. Con pasmo reconocí los ojos centelleantes de Iván, que me contemplaban a un centímetro de la cara con una expresión cruel que no podía reconocer en mi amigo; él siempre se había comportado como un hombre sensible y encantador. Mientras mi cerebro pugnaba por encontrar una explicación plausible para lo que estaba sucediendo, el miedo comenzó a apoderarse de mí al sentir que algo tremendamente duro empujaba contra mi muslo y que sus dedos se internaban bajo el vestido tirando certeramente de mi ropa interior. Aunque nunca había intimado con un hombre, no tuve ninguna duda de qué significaba aquello y lo que probablemente iba a suceder. Mi mente luchaba contra aquel despropósito; ¿qué le estaba ocurriendo a Iván?, ¿por qué me estaba haciendo eso?, me repetía una y otra vez. La mano me oprimía la boca y la nariz con tanta fuerza que pensé que en cualquier instante iba a perder el conocimiento. Aunque, dadas las circunstancias, quizá fuera lo mejor para mí, reconocí asustada. Tal vez lo menos doloroso sería desaparecer de esa escena que no entendía y que me estaba aterrorizando cada vez más. ¿Y de dónde venía la música terrible que martilleaba mi cabeza, esa música extraña que no comprendía y que me helaba la sangre?, me pregunté con el último esfuerzo de mi razón. De hecho ya no percibía las cosas con claridad: todo empezaba a oscurecerse alrededor mientras notaba cómo se deslizaba la ropa por mis piernas.

María

Ocupando todavía el cuerpo de Patricia, entré en su habitación preparada con una torpe excusa para apaciguar a Sara, tal como había acostumbrado a hacer después de cada una de mis incursiones. Pensaba contarle que me había indispuesto y que, como ella estaba ocupando el baño del dormitorio, había ido a buscar el de la planta baja.

Acababa de regresar de cumplir mi objetivo: por fin le comuniqué a Eva que aquel había sido nuestro último encuentro. Me prometí a mí misma dejarla libre para siempre. Ahora tan solo me quedaba una cosa por hacer. Esperaba encontrar a Sara aguardándome en la cama, pero allí no había ni rastro de ella. Cuando empujé la puerta del baño comprobé con desconcierto que el cuarto estaba vacío. Volviendo sobre mis pasos, abandoné la habitación comenzando a andar por el corredor. ¿Adónde habría ido?, me pregunté extrañada. Estaba parada en medio del pasillo pensando hacia dónde dirigirme cuando unos gemidos me alertaron desde la planta baja. Aproximándome a la balaustrada, me asomé para ser testigo de una imagen angustiosa: Iván estaba intentando forzar a Sara sobre un banco del patio. Comprendí enseguida que aquel no podía ser Iván. Tenía muy claro quién era el atacante. ¡*El Otro* había conseguido al fin traspasar la puerta sin mí!, me dije mientras el temor me asaltaba. Debía actuar deprisa.

—¡Suéltala! —grité con todas mis fuerzas inclinada sobre la barandilla.

Sara

El grito desde el primer piso sobresaltó a Iván, que alzó la cabeza hacia la voz aflojando por unos segundos la presión que ejercía sobre mí. Supe que debía aprovechar el momento de incertidumbre de mi agresor y le di un empujón con toda la fuerza que conseguí reunir. El pavor que sentía me ayudó a lanzarlo al suelo y eché a correr por el patio subiéndome la ropa como pude. Con el pánico recorriéndome la espalda, percibí la proximidad de aquel Iván extraño que me perseguía con furia a tan solo un paso; podía sentir su aliento caliente rozándome la nuca. Y no me equivocaba: en un segundo volví a sufrir su fuerza bestial. Me había atrapado de nuevo. En aquel instante, en medio del terror, se instauró una idea absurda en mi cabeza: a partir de ese día me iba a resultar insoportable el aroma del galán de noche.

María

Sabía a ciencia cierta que no podría enfrentarse sola a aquel monstruo, pero algo surgió de improviso en mi mente de la misma manera que se me ocurrió el recurso de la vieja camiseta de Mel. Sin embargo, para llevar a cabo el plan necesitaría liberarme de mi vehículo físico; debía regresar al lugar del que había partido. Desde el primer piso pude ver cómo *El Otro* había agarrado otra vez a Sara. Tendría que hacerlo rápido. Salí de inmediato del cuerpo de Patricia y me dirigí a la habitación donde dormía Alejandra. Había llegado el momento de que la niña me ayudara.

Patricia

No sé cómo me encontré de repente inclinada sobre la balaustrada, con mi cuerpo pendiendo en el vacío desde la cintura a punto de caer al patio. Una sensación horrible de mareo y vértigo me empujó hacia atrás y retrocedí trastabillando hasta conseguir apoyar la espalda contra la pared; necesitaba el refugio de algo sólido. Otra vez había vuelto a sucederme aquello. No recordaba por qué estaba allí ni nada de lo que había hecho durante la última hora. Sin embargo, en ese instante, mis preguntas sin respuesta fueron interrumpidas por una voz que demandaba ayuda desde el piso inferior. ¿Eran imaginaciones mías o la que estaba pidiendo socorro era Sara?, me dije con un estremecimiento. Mis miembros reaccionaron antes que el cerebro, y eché a correr hacia la escalera salvando a toda prisa la distancia que me separaba de la mujer que gritaba con angustia. Cuando llegué, la escena me descompuso. Iván me observaba con una sonrisa sádica prendida en la cara, un rictus que no podía ser suyo. Sentado sobre la rocalla que circundaba el estanque central, tenía sujeta sobre su regazo a Sara, cuya mirada espantada me decía lo que la boca no podía expresar por falta de aire. El antebrazo derecho de Iván, como un collar siniestro, aprisionaba fuertemente desde atrás su garganta y el otro la mantenía pegada a su cuerpo atenazando su cintura. Observé con horror cómo ella se agarraba con ambas manos a la barra inflexible que cercaba su tráquea, intentando respirar, mientras me miraba suplicante con los ojos desencajados.

—¿Quieres ver cómo muere? Acércate más...

Los sentimientos enfrentados de estupor y furia que tenía en aquel momento me dejaron paralizada sin saber muy bien qué hacer.

Eva

Desde la visita de María permanecía echada en la cama manteniendo la vista fija, casi de manera obsesiva, en la pequeña grieta de una de las vigas de madera del techo de mi habitación. Ya no había marcha atrás, se había ido definitivamente. Siempre tuve claro que ese día iba a llegar, el amargo momento de continuar con mi vida a solas, aunque hasta ahora me había negado a admitirlo. No tenía ni idea de cómo lo conseguiría, pero le había prometido que saldría adelante sin ella. Cuando poco antes vi entrar a Patricia en mi habitación no me lo podía creer. ¡Sara estaba en el piso de abajo!, me advirtió mi cabeza. Sin embargo no pude pensar mucho más; en cuanto el cuerpo hermosamente dotado de Patricia se exhibió desnudo ante mí y me cubrió con el ardor de su deseo, ya no encontré otra meta que la de sentir su piel caliente, recibir sus manos expertas abriéndose paso en las zonas más sensibles. Tan solo fui capaz de hervir bajo los labios que me recorrían húmedos centímetro a centímetro, enloquecer ante el torrente de palabras volcánicas susurradas al oído. En mi recuerdo aún repiqueteaban como una letanía lacerante sus gemidos en medio del éxtasis; todavía percibía, en torno a mis dedos, el ritmo ascendente de las contracciones de su morada sedosa y cálida transmitiéndome el poder de sus músculos sin control.

—Tómame, cariño, por última vez, así... no pares...

Los sonidos surgidos de su garganta enronquecida martilleaban en mi cerebro volviéndome loca. Me puso tan frenética que llegué al orgasmo sin que tuviera siquiera que tocarme, con solo sentir sus convulsiones de placer mientras la hacía mía cabalgando sobre su cuerpo al rojo vivo.

«Por última vez...» Aquella frase me perseguía. María había aprovechado el momento en que estábamos fundidas en un abrazo sudoroso tras el clímax para susurrarme con ternura su adiós. ¿Cómo podía cambiar de registro tan rápido?, me pregunté recordando la escena. Su voz podía pasar en breve lapso de tiempo de la pasión más exultante y desinhibida a la dulzura más reposada, y eso fue algo que me fascinó desde la primera vez que hice el amor con ella. Porque fueron sus palabras las que habían logrado que supiera que estaba junto a mí en esos instantes, las que me guiaron haciendo patente su presencia, ya que el cuerpo pegado al mío se había apoderado de mis sentidos de tal forma que llegué a perder la noción de a quién tenía entre mis brazos.

Me encontraba atrapada en esos pensamientos cuando los gritos de Patricia en el piso de abajo provocaron que el corazón me diera un vuelco. Salté de la cama sin pensar y salí al pasillo con el pijama que acababa de ponerme a toda prisa. Desde la segunda planta pude observar con toda nitidez lo que ocurría junto al estanque. ¿Qué está pasando aquí?, me pregunté durante un segundo, justo el tiempo que tardé en darme cuenta de quién estaba al mando de aquella terrorífica estampa.

—¡Cabrón! —grité con todas mis fuerzas, volviendo de inmediato hacia mi cuarto.

Levanté la almohada y agarré sin dudar la prenda negra que había depositado allí, al alcance de mi mano, en cuanto deshice la maleta. Abandonando nuevamente mi habitación, eché a correr como un gamo hacia la escalera al tiempo que me colocaba con dificultad la camiseta negra de Mel sobre el pijama. En medio de mi carrera desenfrenada di gracias por la existencia de aquel talismán. De una forma que aún no sabía, navegando entre el terror y la rabia, tendría que enfrentarme a lo que me esperaba dos pisos más abajo.

María

Atravesé rápida como el pensamiento el espacio que me separaba de la habitación en la que dormía Alejandra y vi que Álex descansaba a su lado plácidamente. Acercándome a la niña, me introduje con cautela en sus sueños, susurrándole al oído.

—Dame la mano, cariño.

Ella me regaló su sonrisa, reconociéndome como un personaje familiar que venía a compartir sus aventuras oníricas.

—¡Hola! —gritó con alegría sin abandonar el trance de su sueño. Se aproximó a mí y me ofreció sin ningún miedo su pequeña manita.

Con los dedos entrelazados la guié hasta la puerta, la pared de plasma que separaba nuestros dos mundos, y una vez allí me volví hacia ella estudiándola de cerca.

—Cariño, vamos a atravesar esto, no te asustes. Todo es un poco raro detrás, pero no pasará nada. Estarás conmigo y yo no te voy a soltar. ¿Vale?

—¡Vale! —respondió con la mirada nítida clavada en mis pupilas.

Traspasamos sin dificultad aquella frontera para adentrarnos en la densidad gris. Aferré con seguridad la mano de la niña, inclinándome hasta estar a su nivel.

—Ahora, mi amor, vamos a concentrarnos y llamar a tu abuelito. Sabes a quién me refiero, ¿verdad?

—Claro, al yayo Víctor.

—Muy bien, cariño, ¿estás preparada?

Ella asintió con la cabeza, los ojos brillantes fijos en los míos. Yo estaba realmente admirada de que ese ser tan especial que tenía a mi lado supiera con exactitud lo que tenía que hacer. Las dos al unísono abrimos nuestras mentes y guardamos silencio. Al cabo de unos segundos, un foco de luz se abrió paso entre las brumas, una suerte de camino iluminado, cegador, por el que fue apareciendo una imagen reconfortante, cada vez más nítida. La pequeña y yo estábamos extasiadas observando el halo de tonos irisados que envolvía a ese personaje magnético, apaciguador. Su sola presencia llenaba el alma de ternura.

—Hola, Alejandra —saludó mientras se agachaba a su altura y le rozaba la mejilla. Ella mostró la enormidad de su sonrisa y se abrazó a aquel ser cálido que insuflaba energía.

—Te quiero, yayo Víctor —dijo en medio de su abrazo.

Tras unos instantes se apartó para hablarnos a las dos.

—No podemos perder tiempo.

—Lo sé, hay que actuar rápido —asentí.

Él se colocó entre nosotras y nos cubrió con su aura. Súbitamente, una sensación de paz me envolvió por completo.

—Ahora relajaos y no os separéis de mí. Yo os guiaré.

Mel

Carla se acercó a la cama intimidada por el tono de mi voz; nunca antes me había oído gritar de aquella forma ni me había visto tan alterada. Al fin se había dado cuenta de que algo extraño acababa de ocurrir. Sin volver a decir ni una palabra, comenzó a desatar con bastantes problemas los nudos en torno a mis muñecas, dejando al descubierto las marcas rojizas que habían provocado las ligaduras. Una vez libre, moví los brazos con dificultad y me vi asaltada de inmediato por el aguijonazo de miles de punzadas en los músculos al retornar la sangre a su lugar. A pesar del dolor, comencé a frotarlos repetidamente hincando las agujas lacerantes en mi carne para hacer regresar más deprisa la maltrecha circulación a las manos. Por fortuna la sensación de hormigueo fue alejándose poco a poco. Durante todo el proceso permanecí de espaldas a Carla; en esos momentos no me sentía con fuerzas para mirar hacia el cuerpo que poco antes me había arrastrado desde el deseo al terror provocándome una tortura insoportable. Me levanté sin decirle nada, cogí el pijama y me encerré en el baño para lavarme. Cuando volví al dormitorio, retiré la sábana manchada de la cama. Ni siquiera alcé la vista hacia ella, aunque sabía que me observaba aguardando mis palabras. Al final Carla se decidió a hablar ante mi actitud, pero esta vez en un tono totalmente cauteloso.

—¿Me vas a contar qué...?

Los gritos del exterior interrumpieron bruscamente su pregunta. Nos quedamos quietas mirándonos durante un instante para, acto seguido, salir corriendo hacia la puerta. Inclinadas sobre la barandilla del primer piso pudimos contemplar atónitas lo que estaba sucediendo en mitad del patio. Iván, medio desnudo y sentado al borde del estanque, mantenía aprisionada a Sara entre sus brazos. A escasa distancia de los dos, Patricia mostraba un aspecto amenazante con cada uno de los músculos en tensión, como una tigresa a punto de saltar sobre su víctima. La piel de sus hombros torneados brillaba perlada por una pátina de sudor.

—¿Pero es que nos hemos vuelto todos locos? —dijo Carla en voz baja, casi para sí misma.

—Vamos —contesté sin dudar, echando a correr hacia la escalera más próxima.

No habíamos alcanzado ni la mitad del recorrido cuando nos vimos arrolladas por una frenética Eva, que pasó a nuestro lado como una exhalación. Descendía saltando los escalones de dos en dos como si la persiguiera el diablo, aunque pensé que realmente iba a su encuentro. A pesar de que tan solo pude verla durante una décima de segundo, reconocí de inmediato las letras blancas en el frontal de la camiseta que llevaba colocada de forma desmañada: NO VOY A DISCULPARME. Inevitablemente, un estremecimiento me recorrió el cuerpo al intuir que esa vez no iba a ser tan fácil deshacernos de él.

Fran

Cuando salí del baño, Iván había desaparecido de la habitación, pero ni siquiera tuve tiempo de preocuparme; el vocerío que escuché fuera me impulsó hacia el corredor. Salí en pijama y me encontré con el rostro de Marcello tan confundido como el mío. Sus manos todavía se peleaban con el cinturón de su bata azul marino.

—¿Quién ha gritado? —preguntó con preocupación.

—No lo sé, yo también lo he oído. Viene de abajo.

Nos asomamos al patio y observamos atónitos lo que estaba ocurriendo.

—¿Iván? —logré articular.

Los dos corrimos al unísono hacia la escalera. Cuando llegamos a la planta baja el patio estaba muy concurrido. Iván y Sara se encontraban en el centro de la escena. Patricia, en actitud alerta y con los ojos llameantes que denotaban a un tiempo indignación e incredulidad, parecía a punto de abalanzarse sobre él. A unos pasos, la cólera de Eva se podía leer tanto en su semblante, de un color casi ceniciento, como en su actitud corporal con los puños fuertemente apretados y la mandíbula tensa. Su aspecto era estrambótico, pues llevaba puesta una vieja camiseta de Mel encima del pijama. Álex, envuelta en una bata negra, se aproximó a ella en ese momento y observó petrificada la situación con los ojos redondos como platos. Su postura delataba que no entendía nada en absoluto. Al igual que yo, no tenía ni idea de lo que estaba sucediendo. Mel y Carla se acercaron al grupo desde el lado contrario. La apariencia de Carla era fiel reproducción de la estampa confusa de su madre; sin embargo, el rostro de Mel denotaba el mismo odio que el de Eva. ¿Qué narices estaba pasando?, pensé cada vez más alterado. De pronto fui consciente de que tenía un tic frenético en mi ojo izquierdo y el párpado se movía espasmódicamente. Era incapaz de controlar mis nervios.

—¿Qué estás haciendo, Iván? —pregunté midiendo las palabras. Aunque intentaba serenarme, mi mirada viajaba enloquecida desde el rictus extraño en los labios de aquel rostro familiar hasta su brazo asfixiante en torno al cuello de Sara, cuya piel se iba tornando más oscura en cuestión de segundos.

En aquel instante, sembrando el terror entre los presentes, los aparatos de música que se encontraban ubicados en distintas estancias de la casa comenzaron a reproducir al unísono, con un eco atronador, las notas de una canción que siempre me había producido escalofríos. *Mitternacht.*

—**¿Es que aún no os habéis dado cuenta, cretinos, de que yo no soy Iván?** —escuché decir a mi pareja en tono despectivo mientras la música bajaba sensiblemente de volumen—. **Aunque algunas de vosotras sí me conocéis muy bien...**

Observé, completamente perplejo, cómo sus ojos se paseaban maliciosos por las caras trasmutadas por la rabia de Eva y Mel.

—**No te acerques con eso o la mato aquí mismo** —dijo señalando con la barbilla la camiseta de Eva—. **No os atreváis a dar ni un paso, a la chica ya le falta poco para dejar de respirar** —subrayó amenazante.

Yo entendía cada vez menos de lo que estaba sucediendo, pero no encontré otra salida que permanecer quieto.

—Si la matas no podrás escapar —intervino Eva controlando su tono.

Conociéndola, intuí que se estaba tragando el veneno de su furia; una furia cuyo origen fui incapaz de comprender.

Como respuesta retumbó la risa estentórea de aquel hombre que decía no ser Iván y nos dejó completamente helados.

—**Sabes que sí. Solo acabaréis haciéndole daño a este precioso cuerpo que ahora poseo** —dijo con una seguridad abrumadora.

Yo tan solo podía repetir una pregunta en mi mente: ¿dónde estaba mi Iván?

María

En aquel momento nos introdujimos en el organismo que iba a servirnos de vehículo. No hizo falta que Víctor explicara dónde estábamos; enseguida me di cuenta de que habíamos recalado en el cuerpo de Fran. Era fascinante, habíamos constituido una mente triple pero diferenciada, sin contar la de mi huésped amigo que se mantenía en un segundo plano, inmersa en un estado cercano al sueño. Víctor tomó al instante las riendas de la situación.

—No vas a continuar solo ahí adentro. Suéltala antes de que entremos, hazme caso —declaró Víctor en tono grave y sereno desde la garganta de Fran.

Pude constatar la sorpresa general cuando todos apreciaron que había perdido la entonación característica de su voz junto con el tic que hacía unos segundos presentaba en su ojo.

La perplejidad se reflejó en el rostro de Iván, que aflojó un ápice su abrazo mortal a Sara, devolviéndole el aire a los pulmones.

—**¿Quién eres tú?**—preguntó con desconfianza.

—Pronto lo sabrás. Y no vengo solo —contestó Víctor.

—No, yo también estoy aquí. Ya me conoces, tú me enviaste a este lado —añadí, obligando a cambiar de registro a las cuerdas vocales de Fran, que comenzaron a vibrar con un matiz claramente femenino.

—Y yo, hombre malo —participó Alejandra, esta vez forzando al huésped a acoplarse al tono de una niña pequeña.

—**¡Alejaos de mí o la mato**! —amenazó Iván, aumentando la presión sobre el cuello de Sara, que se aferraba con fuerza al brazo acerado intentando zafarse del estrangulamiento.

—No luches más, vas a venir conmigo, he de acompañarte —dispuso Víctor en tono apaciguador.

—**¡No**! —le oí gritar.

Víctor entró en acción. Lo sentí volar hacia el cuerpo de Iván para apoderarse del intruso. Al desaparecer de nuestro lado supe que debía darme prisa. Alejandra y yo salimos de nuestro amigo y acompañé a la pequeña de vuelta hasta su sueño. Regresé a tiempo para observar de cerca cómo Iván, ya libre de *El Otro*, comenzaba a caer hacia atrás, sumergiéndose sin consciencia dentro del agua. Sara se escurrió de entre sus brazos hasta quedar sentada en el suelo, luchando entre toses por volver a respirar con normalidad.

Mel

No supe exactamente lo que había ocurrido ni quién tomó el mando desde dentro de Fran, pero el final se desató muy rápido. Solo sé que la música cesó de golpe en cada rincón de la casa y, a partir de ese momento, todos reaccionamos como Dios nos dio a entender. Fran parecía bastante desconcertado, pero en cuanto vio a su compañero hundirse en el agua se lanzó hacia él para sacarlo del estanque. Contemplé a Patricia arrodillarse ante Sara, abrazándola como si le diera pánico que alguien se la arrebatara de nuevo. Eva y yo corrimos al lado de nuestro amigo para ayudarle, y entre los tres extrajimos del agua con gran esfuerzo a Iván, que estaba sin sentido. El resto comenzó a acercarse cautelosamente a nosotros, imagino que con miedo a lo que podría suceder en el caso de que volviera en sí, y depositamos en el suelo su cuerpo hermoso y empapado. Yo estaba muy preocupada por su aspecto; sin embargo, él abrió los ojos a los dos segundos y comenzó a expulsar la pequeña cantidad de agua que había entrado en sus pulmones.

—¿Qué... ha pasado? —dijo con un hilo de voz en cuanto la tos se lo permitió.

—¿No te acuerdas? —le preguntó Fran, todavía más confuso.

—¿Qué hago aquí? —inquirió, mirando los rostros a su alrededor con extrañeza—. Recuerdo que estábamos en nuestra habitación, tú habías entrado en el baño y... no sé nada más.

—¡Menudo susto nos has dado!, ¡atacaste a Sara! —exclamó Fran.

—Que yo... —comenzó a replicar Iván, pero se calló al observar a Sara hecha un ovillo en brazos de Patricia; ella ni siquiera fue capaz de levantar la cara para devolverle la mirada.

—Déjalo, Fran. Mel y yo os lo explicaremos todo —dijo Eva, agarrando a nuestro amigo del brazo para alzarlo del suelo.

—¿Alguien me puede contar qué ha sucedido aquí? —intervino Álex nerviosa. Marcello se acercó a ella y la cogió por la cintura, como adhiriéndose a su pregunta.

—Díselo tú, a mí no me quedan fuerzas... —contestó Eva lacónica, pasándome la pelota.

Fui consciente de que estaba en el centro del círculo y de que todos los ojos se dirigían a mí exigiendo una explicación. Gracias, amiga, pensé, lanzando a Eva una mirada elocuente.

—Bien —empecé carraspeando—, es bastante increíble lo que voy a contar, hasta el punto de que vais a pensar que Eva y yo estamos locas, pero todos me conocéis y sabéis que no voy a mentiros. El que ha actuado así con Sara no fue Iván; fue tan solo su cuerpo poseído por el hombre que mató a María. Su fantasma ha estado acosando a Eva desde entonces, y lo sé muy bien porque yo también he sufrido su ataque —expliqué, desviando la vista involuntariamente hacia Carla, que seguía mi discurso con la boca abierta.

—Mel, deja ya de decir barbaridades, esto no tiene gracia —dijo Álex, aprensiva.

Aunque el tono era firme, el vello de sus brazos revelaba el impacto de lo que acababa de oír.

—No voy a tratar de convencerte, Álex, pero Eva y yo sabemos que estoy diciendo la verdad.

—¿Y dónde está ahora ese «supuesto espíritu»? —preguntó Carla estremecida mientras cruzaba los brazos fuertemente en torno a su cuerpo, protegiéndose.

—Se lo ha llevado el yayo Víctor.

Todos nos volvimos hacia donde partía la voz infantil. Alejandra, con los pies descalzos y cubierta con un pijamita blanco salpicado de animales coloridos, acababa de aparecer desplegando su sonrisa desde la puerta de la habitación de Álex. El pelo le caía graciosamente despeinado sobre la frente y sus grandes ojos reflejaban la luz de la farola más cercana convirtiéndose en dos estrellas rutilantes.

—¿Qué has dicho, cariño? —dijo su abuela con el vello ya totalmente erizado.

—Que el yayo Víctor se ha llevado al hombre malo —repitió, acercándose a ella para agarrarla de la mano.

—¿Tú... has visto al yayo Víctor? —preguntó Álex intentando disimular el temblor de su voz.

—Claro, está aquí conmigo.

El silencio se hizo denso durante los segundos en los que mudas preguntas se agolparon en todas las mentes. Y se volvió más profundo todavía cuando la pequeña garganta comenzó a emitir el discurso propio de un adulto.

—Álex, Carla, tan solo vengo a deciros que os quiero. No os asustéis de lo que estáis viendo, ya comprenderéis. Deseo que sepáis que nunca os he abandonado y que volveremos a encontrarnos. Ahora debo irme.

La niña, sin conceder tiempo a la reacción, se soltó de su abuela aproximándose a Eva y volvió a hablar como una persona mayor, pero con un matiz distinto en la voz, más femenino.

—Eva, prométeme que serás fuerte, amor mío. Acuérdate de lo que hemos hablado, no debes seguir sola. Por cierto, cariño, te he dejado un regalo en el estudio.

La niña se alejó un poco de Eva volviéndose hacia nosotros, y María siguió hablándonos a través de sus labios.

—Y perdonadme todos si os he causado algún dolor. Os quiero.

La pequeña dejó de hablar y mostró una sonrisa tan enorme como el mar. En los rostros de todos podían verse reflejadas las emociones más dispares, pero cuatro de nosotros presentábamos un denominador común: un reguero de lágrimas descendiendo mejilla abajo: Álex, Carla, Eva y yo. En el resto la perplejidad no había dado paso todavía a la emoción. Carla y su madre se fundieron en un abrazo; Eva, sin decir palabra, se agachó ante la niña y, apretándola contra su pecho, dejó aflorar el llanto sin consuelo. Al poco rato Alejandra se apartó suavemente de ella, depositó un cariñoso beso en su mejilla y volvió a hablar con voz infantil mirándonos a todos.

—Se han ido.

Me pasé el dorso de la mano por el pómulo humedecido despidiéndome mentalmente de María. Todo había terminado. Era hora de enfrentarnos con nuestras vidas, pensé con cansancio.

Patricia

Todavía no me había quitado la ropa. Permanecía recostada en la cama con la vista clavada en el techo de la habitación. Tenía a Sara abrazada a mí y había conseguido que comenzara a relajarse, aunque seguía con los ojos abiertos. Me había dicho que, si los cerraba, todo volvería a repetirse. Mi mente era un hervidero de sentimientos y preguntas, no podía continuar inactiva en aquel cuarto por más tiempo. Me desasí con suavidad de ella y, apoyada sobre un codo, observé de cerca su rostro. Me dolía tener que dejarla en esos momentos, pero había asuntos pendientes que debía resolver.

—Cariño, es preciso que vaya a hablar con Eva, he de aclarar algunas cosas, pero te prometo que estaré aquí en unos minutos.

Sara me miró con el miedo reflejado en la cara.

—No me dejes sola, por favor —suplicó.

—Ya ha terminado todo, Sara. Regresaré pronto, de verdad —susurré acariciándole la mejilla—. Te aseguro que es importante para nosotras que hable con ella, cariño; en cuanto vuelva te lo contaré —dije mientras comenzaba a incorporarme.

Guardó silencio, contemplando con desesperación cómo me levantaba de la cama y me dirigía hacia la puerta. Antes de salir me volví hacia ella.

—Te quiero —le dije, percibiendo su tristeza y su temor.

Atravesé el pasillo hacia la escalera, ascendiendo segura escalón tras escalón. Mi cabeza era un torbellino de sospechas que pensaba esclarecer a toda costa. Cuando llegué ante la habitación de Eva golpeé la puerta suavemente con los nudillos. Al instante escuché unos pasos que se aproximaban y apareció ante mí mostrándome un rostro demacrado que me observaba con expectación. Por un momento vislumbré un destello de esperanza surgir desde el fondo de sus pupilas.

—Soy Patricia, ¿esperabas a otra? —dije contundente.

Eva se hizo a un lado sin molestarse en contestar a mi pregunta, ofreciéndome pasar al interior.

—No es la primera vez que estoy en este cuarto, ¿verdad? —afirmé, paseando la mirada por la estancia.

—No —dijo al cabo de un segundo soltando un suspiro.

—Al final era cierto que no pasaba nada entre tú y yo, aunque sí entre tú y mi cuerpo —le lancé con cinismo.

Ella se cruzó de brazos y clavó la mirada en la punta de sus pies sin responder. Noté que algo en mi pecho estaba a punto de estallar.

—¿Cómo has permitido todo este tiempo que pensara que estaba loca? ¡No puedes ni imaginar cómo me he sentido!, y lo peor de todo es lo que ha sufrido Sara con mis ausencias, las sospechas que la han estado martirizando. ¡Lo que no comprendo es cómo continúa a mi lado!

—Lo siento —contestó, sin dejar de mirar al suelo.

—¿Lo sientes? ¡Mírame! El daño que te han hecho no te da derecho a destrozar la vida de los demás.

Entonces ocurrió lo que temía: Eva explotó.

—¿Y qué querías que hiciera, que te pidiera permiso para utilizar tu cuerpo? ¿Quieres que te cuente cómo creí morir hasta que María encontró la forma de volver a estar conmigo, que esperaba desesperadamente cada día a que aparecieras por la puerta, que ahora mismo ya no sé lo que siento ni por quién?

Se volvió de espaldas ocultando su cara arrasada por las lágrimas. Acudí a su cuarto para que reconociera por fin lo que yo había estado sospechando, pero no estaba preparada para la declaración que acababa de hacerme. Permanecí en silencio sin saber qué decir, aunque tenía claro que debía poner punto final a todo aquello.

—Eva, quiero a Sara. Espero que algún día podamos olvidar esta locura y que todo vuelva a la normalidad —dije mientras me iba, pretendiendo no añadir más incomodidad a aquella situación.

Dos segundos después me encontraba recorriendo el pasillo arriba y abajo intentando decidir cómo y qué contarle a mi pareja. Parecía algo sencillísimo: «Cariño, he estado acostándome con otra desde hace un tiempo pero no te preocupes, que no era yo, solo era mi cuerpo poseído». Iba a ser lo más fácil del mundo, pensé con sarcasmo.

Eva

Me acerqué al balcón y lo abrí de par en par. Después de desmoronarme ante Patricia, necesitaba el consuelo del aire fresco en la cara, encontrar un indicio de que aún estaba viva. De inmediato fui invadida por los aromas de Bracciano, que inundaron mis fosas nasales hasta taladrarme el cerebro. Una nueva clase de tortura, me dije con ironía. Salí al exterior y dejé que mis ojos se perdieran en los reflejos de la luna sobre el lago. Comenzaba a abandonarme todo lo que me mantenía anclada a la tierra. La tentación de saltar al vacío llamó a las puertas de mi razón, pero comprendí a tiempo que eso era lo último que querría María. Debía seguir agarrándome a la vida con uñas y dientes hasta conseguir encontrarle de nuevo un sentido. Sin ella.

Carla

Cuando volví con Mel a nuestra habitación, sentía una opresión agobiante en el pecho; los estímulos habían sido excesivos. En cuanto cerré la puerta la miré con el corazón en la boca y los ojos escocidos. La experiencia anterior, en la que mi propia hija me había puesto en contacto con mi padre muerto, me había dejado una huella imborrable. Mi cerebro se debatía entre la negación total a lo que había sucedido y el mundo de posibilidades que se abría si todo aquello no fuese un espejismo. Mi mente estaba sobresaturada despejando las incógnitas que desde siempre habían presidido mi vida.

—Tú sabías lo que estaba pasando, ¿verdad? —pregunté a Mel, expectante por el ansia de conocer la verdad. Necesitaba su respuesta, su afirmación de que lo que había presenciado no era una locura.

Ella me contempló durante un instante y retiró sus ojos, como si le costara mantenerme la mirada. Se acercó a la cama, y se sentó en el borde antes de empezar a hablar.

—Desde el mismo día que ocurrió lo de María comenzaron a pasar cosas extrañas en nuestra propia casa, como te conté... —inició su relato, centrando la vista en sus manos—. Cosas de las que nuestra hija ha sido totalmente partícipe. Más tarde Eva me explicó lo que estaba sucediendo, me contó las visitas que le había hecho María en el cuerpo de Patricia y el ataque de su asesino utilizándola también como vehículo. Todo me parecía irreal, pero esta noche he sido plenamente consciente de la magnitud de lo que estaba pasando; desde el momento en que él entró en esta habitación dentro de tu cuerpo y... lo sufrí en propia carne.

—¡Dios mío, no soy capaz de asimilar todo esto! —dije, sentándome abatida junto a Mel.

Intenté ponerme en su lugar. No estaba segura de si soportaría que la tocara. Deseaba abrazarla, confortarla, pero su mirada esquiva me impedía dar un paso hacia ella. No quería imaginar lo que aquel ser le había hecho utilizando mi cuerpo; pensé que era inevitable que me viera con aprensión, incluso con odio.

—La vida no deja de sorprendernos. Tu padre os ha dejado un precioso regalo de despedida después de tantos años —dijo quedamente sin alzar los ojos del suelo.

Yo permanecí callada, observándola.

—Me gustaría que me lo contaras —le dije por fin. Necesitaba hablarlo con ella antes de que se convirtiera en un abismo entre las dos.

—¿Qué quieres que te cuente? —preguntó, observándome una décima de segundo para desviar inmediatamente la vista.

—Todo lo que pasó cuando estuvo ese ser dentro de mí.

Mel guardó silencio y tragó saliva. Sin volver a levantar la mirada, empezó a hablar de nuevo.

—Saliste de la habitación diciendo que querías dar un beso a Alejandra.

—Eso lo recuerdo.

—Al cabo de un minuto regresaste con una cara extraña.

Yo seguí callada, aguardando a que continuara.

—Me dijiste que no podías esperar, parecías ansiosa, como enloquecida, y me tiraste sobre la cama besándome con violencia. Me sorprendió muchísimo que te comportaras así, pero estaba tan excitada que me dejé llevar, aunque entonces comenzaste a tratarme con brusquedad, a hacerme daño.

Se tomó un tiempo para reanudar su explicación. Mi mano, de forma involuntaria, aferró con fuerza el borde de la sábana. Una parte de mí no sabía si quería seguir escuchando.

—Me desnudaste con furia, solo tienes que ver cómo ha quedado mi camisa —apuntó Mel, señalando el rincón donde descansaba su ropa hecha un guiñapo—. Te separaste de mí para desprender los cordones del dosel de la cama y me inmovilizaste atándome con fuerza al cabezal; ya has comprobado lo que te costó soltar las ligaduras.

Mel se calló de repente. Sentí, como si fuera mío, el nudo en su estómago que le impedía continuar. No pude evitar asirla de la mano y apretársela cálidamente animándola a hablar, mientras observaba cómo ella se pasaba nerviosa los dedos por el pelo.

—Te desnudaste despacio, como tú sabes hacer, torturándome, y te echaste sobre mí —explicó, dándose un respiro para tomar aire—. Yo hubiera dejado que me hicieras cualquier cosa, te habías apropiado de mi cuerpo y de mi voluntad, y entonces...

Guardó silencio y cerró los ojos con fuerza.

—Sigue, cariño.

—Me revelaste que no eras tú. En ese instante comenzó a atronar en mi cabeza la música que oímos hace unos minutos con estruendo, mientras tú me agredías y... me violabas.

Cerré el puño que antes se había aferrado a la sábana, clavándome las uñas en mi propia carne.

—No me cuentes más —dije abrazándola—. ¡Ese cerdo podría haberte matado!

Dejó que la envolviera, pero seguía sin mirarme.

—Me desmayé —dijo al cabo de unos segundos—. Tuve suerte, porque supongo que se sintió frustrado cuando se dio cuenta de que no obtenía el placer que buscaba, y se marchó.

—¡Dios mío, Mel!, debió de ser terrible...

—Lo fue —contestó tajante, sin añadir nada más.

—Deberías dormir, intentar no pensar más en ello —le aconsejé acariciándole la mejilla con suavidad.

Ella se puso en pie bruscamente y se metió en el baño. Más tarde, entre las sábanas, me acoplé a su espalda rodeándola con los brazos. Creé una letanía hecha de ternura para conducirla hasta el sueño, rozando su pelo con mis besos, intentando borrar con los labios todo el daño recibido, hasta que conseguí por fin escuchar su respiración pausada. Se había rendido a Morfeo.

Álex

Vaya preludio para una boda, pensé totalmente alterada por las escenas que volvían una y otra vez a mi mente mientras me aferraba a la cintura de Marcello. Una suerte de furor vital había comenzado a poseerme. Tenía la impresión de que mi cuerpo había urdido un plan para borrar de mi cabeza la locura que se había desatado en la villa hacía unos minutos.

—No me dejes sola esta noche —había suplicado en su oído antes de retirarnos a nuestras habitaciones.

Él no dudó ni un segundo en compartir mi lecho y destrozamos a mordiscos el acuerdo de abstinencia previa a la boda, reclamándonos uno al otro con furia en cuanto nos aseguramos de que la niña volvía a dormirse. Necesitábamos a toda costa borrar los fantasmas del pasado.

Fran

Iván no dejaba de moverse inquieto bajo las sábanas; su organismo parecía sufrir las consecuencias de la excitación a la que había sido sometido. Yo era consciente de que en ese estado le iba a ser imposible conciliar el sueño. Me esforcé en despejar de mi pensamiento las imágenes terribles de su rostro deformado por un rictus cruel, el recuerdo de sus palabras amenazadoras, para conseguir tranquilizarlo fundiéndome con su cuerpo todavía caliente y estimulado por las provocaciones del anterior inquilino. Le ofrecí certeramente lo que requería, puesto que de inmediato se enredó entre mis piernas. Sus manos buscaron mi piel y su aliento mi cuello, y yo me dejé llevar por el ansia de descubrir que no guardaba ningún resto de otra alma que no fuera la suya.

Patricia

Volví finalmente a los brazos de Sara para acallar todos sus temores y desvanecer las dudas, aunque tuve que luchar denodadamente con mis propios remordimientos absurdos, como si realmente hubiera sido cómplice del engaño. Le conté lo que había estado sospechando y que había sido corroborado por la misma Eva y le rogué que lo olvidara todo, que volviera a confiar en mí sin reticencias, que entendiera que aquel episodio tan solo había sido un espejismo en nuestras vidas.

—Yo nunca estuve allí, cariño —le repetía una y otra vez, beso tras beso, para que le quedara clara mi falta de participación en los encuentros secretos entre Eva y mi cuerpo invadido; para obligarla a borrar con sus caricias toda huella que pudiera permanecer en la piel inconsciente. Y ella se dejó llevar por mi arrullo con hambre de creerme, aunque yo sabía que la herida infligida en su fe permanecería abierta para siempre.

Eva

Llegó la madrugada tras la noche maldita y me sorprendió mirando al cielo fundida a la barandilla del balcón. Anhelaba disolverme en el punto brillante al que mis ojos permanecían prendidos con un ardor irracional. En mi delirio estaba convencida de que era ella vigilándome desde lo alto. No sé muy bien cómo comencé a tararear en mi cabeza una canción de Queen que en aquel instante cobró un nuevo sentido para mí: «*... who wants to live forever?, who dares to love forever?, when love must die...*». ¿Quién quiere vivir para siempre, quién se atreve a amar para siempre cuando el amor debe morir...?, pregunté retadora a la estrella refulgente que parecía rondarme.

Haciendo acopio de la escasa fuerza de voluntad que me quedaba, me di la vuelta hacia la cama y contemplé con desesperanza la prenda negra echada sobre la almohada. En un arranque loco de inspiración, me quité la parte superior del pijama y me puse la camiseta de Mel para dormir presionando las letras blancas sobre mi pecho con el deseo furioso de que se produjese un sortilegio, de que, mágicamente, desapareciese el sufrimiento. El dolor no se fue pero conseguí caer, sin saber muy bien cómo, en un sueño profundo y reparador.

Álex

El amanecer cubrió el lago Bracciano con un velo anaranjado, perfumando el aire con una simbiosis de pino, salitre y lavanda, fragancia reverberante que se iba imponiendo a medida que el calor ascendía desde el suelo, soliviantando con su aroma a cada una de las especies que compartían el entorno. Imagino que fui la primera en despertar al filo de la aurora de aquella jornada emergente de las tinieblas. Observé despacio la cara relajada de Marcello, el hombre que al final del día acabaría siendo la otra mitad de mí misma. Con un brazo sobre el almohadón por encima de la cabeza, respiraba acompasadamente ajeno al examen concienzudo de mi mirada. Contemplé las sienes plateadas, el pelo todavía abundante aunque bien recortado, las cejas anchas, enmarcando sus inteligentes ojos azules ahora protegidos de la luz; suaves arrugas surcaban su frente y algunas líneas delicadas habían ido apareciendo con el tiempo en ciertos puntos de su rostro, en la comisura de su boca. Admiré la nariz recta, romana, y su insinuante sonrisa de placidez. Con gran esfuerzo tuve que abandonar mi íntimo recorrido para aproximarme a la cama de la niña. Alejandra estaba sumida en un sueño profundo y su manita rozaba el pelo revuelto sobre la almohada. Su imagen era lo más parecido a la representación de un ángel. Las pestañas espesas, los párpados cerrados formando un trazo rasgado que dejaba adivinar unos ojos cautivadores; los labios pequeños y carnosos apretados en un mohín involuntario, comprimiéndose como queriendo regalar un beso. No pude refrenar la ternura, aproximando mi boca a su piel de melocotón. Ella se revolvió perezosa en la cama sin llegar a despertarse, cambiando de postura para continuar durmiendo. Enfundándome en la bata, abrí la puerta que conectaba la habitación con el jardín trasero y salí al exterior sin hacer ruido. Me aproximé a la amplia mesa de teca instalada sobre el césped junto a la piscina para acomodarme en uno de los sillones orientado al horizonte. El alba rojiza comenzaba a dar paso a pinceladas de un azul intenso que preludiaban el advenimiento de un día luminoso. Mis ojos se dirigieron inconscientemente al cielo, respiré hondo e intenté digerir las escenas de la noche anterior. Víctor. Mi marido había estado allí para despedirse, para acompañarme en mi decisión, para salvarnos a todos de aquella locura. Sabía que mi piel debía de irradiar un brillo especial esa mañana. Era un enorme regalo volver a sentirme enamorada después de tanto tiempo, volver a sentir aquello por segunda vez sin haber dejado de querer al primer ser que compartió mi camino. Eso era lo asombroso: amaba a dos hombres con la misma fuerza pero a la vez de forma muy distinta. Me dejé cautivar por la voluptuosidad del paisaje, la fragancia de la tierra, el aire cargado. Fue el instante de la revelación, el momento en el que me supe plenamente capaz de coger las riendas de mi vida y dirigirla hacia donde quería. Todo cobraba sentido de repente, cualquier duda que hubiera podido tener con respecto a Marcello se había disipado; tenía claro lo que había que hacer e iba a hacerlo. Despidiéndome de aquel cielo seductor, me dirigí de nuevo al interior de la habitación. Debía vestirme de novia.

Mel

Abrí los ojos, tomando conciencia poco a poco de dónde me encontraba. Todavía tenía la esperanza de que todo hubiera sido una pesadilla. Mi nariz rozaba la nuca de Carla mientras esta descansaba con su espalda pegada a mi pecho. Se me había dormido el brazo, aprisionado entre su cabeza y la almohada. Lo retiré despacio intentando no despertarla, pero ella gimió y se dio la vuelta entreabriendo unos ojos somnolientos.

—¿Qué hora es? —preguntó perezosamente.

—Muy pronto —contesté, apartando con suavidad el pelo de su cara.

Carla susurró algo ininteligible y se volvió otra vez acoplando su cuerpo a mi contorno. Durante un instante tuve un acceso de angustia que me obligó a ahuyentar los demonios agarrados a mi mente, pero aspiré el olor de su cabello y conseguí volver a dormirme al cabo de unos minutos.

Fran

Llevaba despierto desde hacía rato. Sabía que era temprano pero, como me ocurría a menudo, me había desvelado y no podía retornar al sueño; no dejaban de visitar mi cerebro una y otra vez las imágenes de la noche pasada. Decidí aprovechar el tiempo y distraer mi cabeza, así que me retiré a leer el último libro de Abel Arana cómodamente arrellanado en una butaca junto al balcón. Cualquiera que pasara en ese momento podría ver mi rostro ensanchado por una amplia sonrisa, ya liberado mentalmente de mis pesadillas. De vez en cuando levantaba la cabeza de las páginas para vigilar, a través de la hoja entreabierta del ventanal, la respiración de la figura morena y desnuda que permanecía enredada entre las sábanas. Iván dormía como un bebé desde el tratamiento relajante que le había aplicado hacía unas horas.

Patricia

Me levanté demasiado pronto y no quise despertar a Sara. Me puse el chándal y abandoné el cuarto sigilosamente vertiendo una última mirada hacia el interior. Ella permanecía tumbada boca abajo con su piel de ámbar rompiendo el blanco impoluto de la cama. Seguí con los ojos la línea de su espalda, los hoyuelos a la altura de los riñones, la curva sinuosa de sus glúteos. Tuve que respirar profundamente para relajar la emoción que se aferraba a mi garganta y, cerrando la puerta, me dirigí a la escalera más próxima. Necesitaba caminar un poco. Atravesé la entrada principal del edificio y de inmediato me asaltó el aire cargado de esencias alterándome todavía más la sangre; era el aroma inconfundible de Bracciano. Los pies me llevaron hasta la parte más alejada de la villa, desde donde disponía de las mejores vistas del lago, que, a esas horas, ofrecía el magnífico espectáculo de una lámina azul de aguas tranquilas. Sentada sobre el murete de piedra que delimitaba la propiedad, al borde del precipicio, dejé escapar los pensamientos largo tiempo ocultos. ¿Cómo podían haber ocurrido esos encuentros furtivos sin traspasar mi piel?, me pregunté. Aquel allanamiento de mi cuerpo había sido como una mancha de aceite derramada sobre agua, perpetrado sin pervertir la conciencia, sin dañar aparentemente mis sentimientos por Sara. Me esforzaba en recordar alguna imagen, un tacto, una caricia, pero era inútil: mi memoria estaba vacía de toda huella. Tan solo era consciente de las heridas que mis ausencias y los signos externos de mis encuentros habían infligido en su confianza. Ella siempre se había debatido entre el hechizo que yo le provocaba y la necesidad de obedecer a su vocación. Por ahora sabía que había ganado la batalla, pero no estaba segura de mantener ese equilibrio. Tenía el presentimiento de que, más tarde o más temprano, se alejaría de mi lado lanzándose de nuevo a los brazos de África, y eso era algo que me negaba a asumir. Yo siempre fui una mujer libre, ávida de experiencias, y nunca permití que nadie me amarrase como Sara lo hacía. Solo ella había conseguido hacer claudicar todas mis defensas. Me centré en la superficie del lago, que ya refulgía como metal pulido. Había tomado la decisión menos dolorosa por el momento: disfrutar sin pensar, sin calcular el tiempo, sin temer la partida... Me levanté y conduje otra vez mis pasos hacia el edificio principal. Tenía que arreglarme para la boda.

Fran

Un tiempo prudencial antes de que empezara la celebración, comencé a vestirme, despertando previamente a Iván para que se fuera espabilando. Al cabo de un rato hicimos acto de presencia en la planta principal del edificio. Nos habían contado que la ceremonia iba a celebrarse bajo una pérgola situada en los jardines de la parte norte de la villa. En el salón, sobre la gran mesa de mármol, Remo y Anna habían provisto lo necesario para un pequeño refrigerio consistente básicamente en café y algunas pastas. No obstante, sonreí al ver que el matrimonio también había preparado cubiteras con hielo y botellas de champán para quienes estuviéramos dispuestos a comenzar el día sin prejuicios. No tenía intención de tomar nada sólido, ya que Álex nos había dicho que teníamos reservada mesa para más tarde en un conocido restaurante de Bracciano, un sitio típico de la zona a los pies del Castello Orsini Odescalchi. Su idea era realizar una comida familiar, cálida e íntima, en lugar del tradicional banquete de bodas.

Como imaginé por la hora temprana a la que habíamos acudido, los primeros en aparecer fuimos Iván y yo. Mi pareja estaba espectacular; el color arena de la chaqueta y la camisa blanca ceñida resaltaban su piel tostada y los músculos de su tórax. Me di cuenta de lo que me costaba quitarle los ojos de encima. Afortunadamente, en cuanto vi la cafetera deseché esas ideas febriles y me lancé de inmediato hacia ella como un poseso; el oscuro líquido humeante constituía mi droga necesaria para echar a andar por las mañanas. Y todavía más después de una nochecita como la que habíamos pasado. Seguí con curiosidad los movimientos de Iván teniendo la certeza de lo que iba a hacer. Tal como pensé, recorrió la mesa con ojos golosos y se tomó su tiempo para ir probando todas las pastas. Su constitución física le permitía esa clase de excesos sin daño aparente. Al cabo de unos minutos apareció Eva ataviada de negro de la cabeza a los pies, intentando esconder unas ojeras azuladas que apenas podía disimular tras sus oscuras gafas de sol. Acudí con rapidez a su encuentro y le pasé el brazo por la cintura con gesto protector. La sentía más sola que nunca e intenté darle un poco de apoyo.

—¿Cómo has dormido, princesa?

—De pena —contestó sin pensárselo nada—. Necesito una de esas botellas de champán —añadió apuntando con la barbilla hacia la cubitera.

Remo, atento al gesto, acudió solícito y llenó una copa que le entregó con una ligera reverencia.

—Gracias.

—*Prego* —contestó discreto, y volvió junto a su mujer tras la mesa.

—¿Y tú cómo estás? —preguntó dirigiéndose a Iván.

—Bien, he dormido de un tirón.

—Por fortuna para él, no se acuerda de nada —añadí, dando un largo sorbo a mi café—. Reconozco que a mí me costó un poco más, no podía quitarme ciertas imágenes de la cabeza.

En aquel momento hicieron su aparición Mel y Carla, fantásticamente vestidas de blanco. Estaban las dos guapísimas. Carla llevaba un vestido que se acoplaba a la perfección a sus formas sensuales y unos tacones de vértigo. Mel, muy en su línea, con la camisa desabrochada dejando adivinar la franja de piel tostada que dividía sus senos, acudió enseguida al lado de Eva y le levantó las gafas con suavidad para verle los ojos.

—¿Cómo estás?

—Jodida, para que nos vamos a engañar —contestó, en voz baja para que no la oyeran desde la otra parte de la mesa.

—¿Y vosotros? —inquirió volviéndose hacia Iván y hacia mí con semblante preocupado.

—Un poco raros, dadas las circunstancias, pero bien —dije con una sonrisa breve.

—No han bajado Sara y Patricia todavía, ¿verdad? —preguntó echando un vistazo alrededor.

—No, nosotros hemos sido los primeros.

Escasos segundos después, como si hubieran escuchado el reclamo de Mel, apareció la parejita por la puerta del salón. Al observar su entrada por el rabillo del ojo, apuré mi bebida y me retiré discretamente hacia la mesa para pedir que me sirvieran de nuevo. El día iba a ser muy largo, así que intentaría enterarme lo menos posible, decidí. Patricia estaba arrebatadora, con un pantalón azul claro de cintura baja y, para mi pesar, camisa semitransparente del mismo color. Sara llevaba un vestido suelto de estilo ibicenco, de un blanco radiante. No pude dejar de pensar, con una punzada de dolor, que aquel vestido le hubiera encantado a María. Vi que Iván se acercaba a Sara agarrando con delicadeza su mano.

—Siento lo que fuera que te hiciera ayer. No recuerdo nada de lo que pasó, yo...

—No te preocupes —contestó ella intentando ser amable, aunque se notaba de lejos que la incomodaba aquella conversación. De hecho, se apartó de él con sutileza para aproximarse un poco más a Carla y Mel.

Nadie podía reprocharle esos sentimientos; ni esos ni otros, me dije. En aquel momento, como si me hubiera leído la mente, giró la cabeza hacia mí y me lanzó una mirada que fui incapaz de mantener.

—¿Habéis descansado? —oí que preguntaba Carla.

En ese instante agradecí su intervención, ya que Sara dejó de asesinarme con los ojos para volverse hacia ella. Sin embargo, todavía notaba la huella de su puñal clavada en mis remordimientos. Aproveché para vaciar de golpe la copa que llevaba en la mano; estaba comenzando a relajarme de verdad.

—Hemos dormido bastante bien, teniendo en cuenta lo ocurrido —escuché contestar mecánicamente a Patricia, que no había perdido detalle de la escenita muda entre Sara y yo—. ¿Y vosotras?

—No mucho, la verdad; lo de ayer no se lo esperaba nadie —contestó Carla.

Vi que comenzaban a acercarse hasta la mesa para tomar algo pero, antes de que pudiera preocuparme, sentí a Mel a mi lado haciendo de pantalla protectora. Mi amiga intentaba librarme del mal trago de tener que hablar con ellas. A aquellas alturas tenía claro que todas sabían lo que había sucedido entre nosotras.

—¿Qué tal está el champán? —me preguntó Mel simulando normalidad, consciente de que Patricia estaba situada justo a su izquierda escuchando atenta mientras esperaba a que Remo le sirviera una taza de café.

—Cumple bastante bien su función —contesté con una sonrisa forzada, percatándome de la mirada recriminadora que Patricia me regalaba antes de volverse de espaldas a nosotras.

Mel

Intenté centrarme en ayudar a Eva, ya que la presencia imponente de Carla me llevaba a un estado contradictorio de excitación y rechazo que me consumía. Cuando la vi salir con aquel vestido del cuarto de baño de la habitación, noté que se formaba un nudo en mi estómago que amenazaba con quedarse para siempre. Por suerte Eva estaba necesitando que le echara una mano. En aquel momento el sonido de unos pequeños pies correteando provocó que todos nos volviéramos hacia la puerta. Alejandra hizo su aparición como un hada, luciendo un precioso vestido blanco y el pelito suelto ondeando al viento. Fue trotando hasta Carla, que la alzó en el aire dejando que se abrazara a ella.

—Hola, mami —dijo alegre, apoyando la mano en su cara sin manifestar señal alguna de la pesadilla de la noche anterior. Sus ojos eran el reflejo de la felicidad suprema.

Enseguida se volvió hacia mí y me echó los bracitos al cuello, consiguiendo que casi se me cayera la baba. Me di cuenta de que todos esperaban su turno para besarla, así que la cedí sin muchas ganas. En aquel momento descubrí que Marcello venía unos pasos tras la pequeña, impresionantemente vestido con un chaqué gris claro.

—¡Cuando te vea mi madre le va a dar algo! —exclamó Carla, agarrándolo del brazo para depositar un beso en su mejilla.

—Estás guapísimo, Marcello —dije con sinceridad, acercándome también para saludarlo—. ¿Y la novia?

—Estará acabando de vestirse, supongo. Ha insistido en que me fuera con Alejandra a mi habitación para arreglarme; imagino que querrá hacer su aparición estelar en solitario —dijo haciéndome un guiño.

En medio de las felicitaciones de todos los amigos, Marcello se volvió hacia la entrada al escuchar hablar en italiano. Una mujer de talante refinado se acercó a él utilizando un tono falsamente recriminatorio en la voz, ya que sus ojos delataban afabilidad y cariño. Comprendí quién era en cuanto vi cómo se fundían en un abrazo.

—Os presento a mi hermana Claudia.

—*Mi dispiace, io non hablo molto español...* —se disculpó ante nosotros, intentando hacerse entender mientras exhibía una sonrisa espléndida que ya conocíamos: la misma sonrisa de Marcello.

Uno por uno, fuimos acercándonos a la hermana pequeña de nuestro anfitrión para saludarla. Era una mujer atractiva de edad aproximada a la de Álex. Al verla de cerca intuí que bajo su capa de amabilidad y elegancia se escondía un gran carácter, y pensé de inmediato que se llevaría a las mil maravillas con su futura cuñada.

—Y esta es mi sobrina Nicoletta —añadió el novio, alargando el brazo hacia una joven de unos veinte años con un aspecto frágil inducido por sus ojos azules y su delgadez. La primera impresión fue totalmente engañosa, como pude comprobar enseguida.

Llevaba un corte de pelo asimétrico, con media melena a un lado y muy corto al contrario. En su oreja izquierda conté cuatro piercings, aunque lo que llamó más mi atención fue que me observara desde los mismos ojos de su tío, pero con un brillo de desfachatez que él no manifestaba. Constaté el peligro al advertir su mirada provocadora en cuanto me tocó el turno de besarla y cómo consiguió que pasara desapercibida para los demás la forma en que posó la mano en mi cintura, presionando con descaro, mientras acercaba sus labios peligrosamente a la comisura de los míos. Solo me faltaba lidiar con una jovencita rebosante de hormonas, pensé.

Al instante, una voz varonil resonó desde la puerta. El cuerpo rotundo y la sonrisa amable del que imaginé sería Giuliano hicieron acto de presencia en el salón. Iba acompañado por un joven que cargaba con una bolsa al hombro, una cámara de vídeo y un trípode. El alcalde era un hombre recio, con ojos oscuros y expresivos y pelo y barba gris que le dotaban de un aspecto distinguido. Pude ver cómo los dos amigos se abrazaban con efusividad y cruzaban unas rápidas frases en italiano. Por lo que entendí, le estaba explicando que se había tomado la libertad de llamar a un fotógrafo profesional para que hiciera un reportaje del evento; aquel sería su regalo de bodas. A continuación Marcello nos lo presentó y él se disculpó largamente por su parco dominio del idioma español. Las conversaciones mediadas por nuestro anfitrión, que ofició como natural traductor, no se extendieron más allá de cinco minutos al hacer su aparición la espectacular novia en el umbral de la puerta. Ataviada con un elegante vestido gris perla que dejaba al aire gran parte de la espalda y un recogido muy sexy en el pelo, Álex estaba impresionante. Ella y Marcello quedaron prendidos uno en la mirada admirativa del otro, hasta que el carraspeo de Carla les devolvió a la realidad de la sala que esperaba impaciente sus abrazos.

—Me alegro de verte tan feliz —susurré en su oído tras besarla. Ella me correspondió con una sonrisa brillante que pocas veces había visto en su cara.

En cuanto Álex terminó de recibir nuestros saludos y cumplidos, el novio le presentó a Claudia. Pude percibir la mirada de reconocimiento que intercambiaron aquellas dos mujeres fuertes y maduras; una corriente de admiración y respeto pareció establecerse entre ellas desde el primer momento. Tuve claro que no me había equivocado ni un ápice. A continuación observé con una sonrisa cómo el alcalde agarraba teatralmente la mano de la novia y la aproximaba a su boca, insinuando un sutil roce de labios sobre el dorso.

—*Sono davvero impressionato. Ora comprendo la veemenza di Marcello parlando di lei.*

—Le has dejado impresionado —tradujo Marcello, devorándola con sus brillantes ojos azules.

—Le he entendido perfectamente, sois los dos un par de aduladores —simuló reconvenirles Álex, regalando una mirada encendida a su pareja.

Tras unos minutos de charla y superados los primeros contactos, nos dirigimos al jardín siguiendo los pasos de los protagonistas que avanzaron encabezando la comitiva agarrados del brazo. Yo intenté no separarme ni un milímetro de Carla a pesar de la alteración que me producía su cercanía, puesto que Nicoletta no me quitaba los ojos de encima. Partiendo de la parte trasera de la casa, discurrimos por un sendero cuajado de mimosas, flores de lavanda y dientes de león, hasta descubrir el pequeño claro del bosque en donde se erigía una construcción de piedra restaurada. Se trataba de un cenador de principios del siglo pasado. Maceteros de lirios y rosas blancas habían sido dispuestos primorosamente a ambos lados del camino y de la escalinata que accedía a su interior. Los novios ascendieron por ella y se situaron en el centro de aquella pérgola de ensueño, siendo rodeados de inmediato por todos, incluidos Remo y Anna, que se colocaron en un discreto segundo plano. El fotógrafo instaló el trípode con la cámara a una distancia estratégicamente estudiada para captar el acontecimiento en su totalidad. Giuliano fue el último en colocarse frente a los novios y guardó silencio unos segundos para deleitarse con la mirada brillante de ambos, encendida por el nerviosismo y la emoción. Contemplé cómo cruzaba una sonrisa cómplice con Marcello y a continuación dio comienzo a la ceremonia. Introdujo una mano en el bolsillo interior de su chaqueta y extrajo un pequeño libro del que empezó a leer unas líneas con voz grave de barítono italiano. Como todos adivinamos, se trataba de los artículos concretos del código civil, que regían la institución del matrimonio, cuya lectura era preceptiva en las ceremonias de este tipo. A pesar de la formalidad de aquellas palabras, sus frases resonaron como un mantra envolvente potenciando la influencia de las fragancias que iban elevándose desde los maceteros soliviantados por el calor. Sentí que mi pulso se aceleraba; algo embrujador se respiraba en el entorno, algo que se hizo todavía más manifiesto cuando Giuliano hizo una señal para ceder la palabra a los contrayentes. Escuché absorta cuando la novia se volvió hacia Marcello y comenzó a hablar, con tono un poco inseguro al principio, para tornarse emocionado y vibrante al momento mientras sostenía con reverencia su anillo entre los dedos. Él la observaba con el amor cosido a sus pupilas, aguardando su turno con el pequeño tesoro que pronto insertaría en el anular de Álex. Los mágicos votos, entremezclados con los aromas de Bracciano, comenzaron a resonar entre los reunidos bajo el cenador para quedar grabados de forma permanente en nuestros corazones.

—Con este anillo me comprometo... —comenzó Álex.

—*Con questo anello mi comprometto...* —la siguió Marcello.

—... a compartir contigo las realidades y los sueños...

—... *a condividere con te le realtà ed i sonni...*

—... a dar alas a tu fuego y enredarme en tus llamas...

—... *a dare ali al tuo fuoco e complicarmi nelle tue fiamme...*

—... a impulsarte hacia arriba desde las aguas más profundas...

—... *a spingerti verso l'alto dalle acque più profonde...*

—... a respirar a tu lado respetando tu oxígeno...

—... *a respirare al tuo fianco rispettando il tuo ossigeno...*

—... y, sobre todo, a amarte, si tú quieres.

—... *e, soprattutto, ad amarti, se tuo vuoi.*

—Sí, quiero.

—*Sì, voglio.*

Todos los presentes contuvimos instintivamente la respiración mientras Álex y Marcello juntaban sus manos e intercambiaban las alianzas. Segundos antes, en el preciso instante en que Álex nombraba el fuego, contemplé cómo Patricia giraba la cabeza al percibir en medio de la quietud general un leve movimiento a su izquierda; se dio cuenta demasiado tarde de que era Eva retirándose el flequillo hacia atrás en un gesto nervioso. Fue significativa la rapidez con la que retiró la mirada al encontrarse con los ojos de Eva clavados en ella. Sentí la mano de Carla buscando la mía de forma automática, lo que me obligó a enfrentarme a su rostro emocionado. Hacía rato que estaba luchando contra un nudo en mi garganta, por lo que le di un leve apretón y retiré la mano a punto de desmoronarme. Demasiados sentimientos encontrados. Por fin intervino Giuliano, volviendo a romper aquel silencio conmovedor con su voz profunda y ceremonial.

—*E dietro questi voti che vi siete arresi, per la potestà che mi è stato conferita, io vi dichiaro marito e donna. Potete baciarvi.*

No hubo necesidad de traducir aquella frase; ambos obedecieron sin dudar fundiéndose en un beso que todos admiramos cautivos de su belleza, hasta que los vítores y los abrazos quebraron aquella entrega que se prolongaba ajena a todo. Concluidas las felicitaciones, volvimos a la casa y Remo y Anna reaparecieron con dos bandejas repletas de copas de champán que comenzaron a ofrecer a los invitados. Nos fuimos dividiendo maquinalmente en grupos dispersos a lo largo del jardín anexo a la piscina. En la distancia, elevándose desde el interior del edificio, el magnetismo de Ornella Vanoni se fue apoderando del ambiente «*... senza fine, tu sei un attimo senza fine, non hai ieri, non hai domani...*».

Eva, a mi lado, acababa de agarrar la enésima copa de champán de la bandeja que portaba Remo.

—Controla —le dije en voz baja.

Estábamos relativamente a solas en ese momento. Carla se encontraba a unos metros con Alejandra en brazos, departiendo con su madre en el grupo que formaban Giuliano, Marcello, Claudia y Nicoletta. Un poco apartadas de la gente, Patricia y Sara hablaban con cara de circunstancias mientras Iván y Fran, no muy lejos de nosotras, parecían mantener una charla bastante animada y gesticulante con el fotógrafo.

—¿Para qué? —me soltó Eva con la voz algo pastosa.

—Para poder hablar conmigo de forma racional, por ejemplo.

—Estoy harta de hablar, Mel.

—¿Y qué es lo que pretendes emborrachándote ahora?

—No pensar, dejar de verla —me contestó desviando la vista hacia Patricia.

—Bebiendo no lo conseguirás.

—Pues yo creo que sí —replicó tozuda mirando al suelo.

Cuando se ponía así era imposible hacerla razonar; yo sabía lo terca que podía llegar a ser. En nuestra época de la facultad había manifestado de múltiples formas su rebeldía, y una de ellas era beber sin freno hasta olvidar su nombre. Infinidad de veces me había tocado cuidar de ella, llevarla a casa y acostarla. Ahora tenía ante mí a la misma Eva de aquellos lejanos años, pero esta vez con una auténtica razón para abandonarse a la bebida. Dejé de insistir y aparté la mirada un instante para encontrarme con la expresión felina de Nicoletta, que, de improviso, me lanzó un guiño provocador jugando con el piercing de su lengua. Esta vez no tuvo tanto cuidado; Carla la pilló y se volvió hacia mí con verdadero furor en los ojos. Decidí volverme de nuevo hacia Eva fingiendo que no había visto el gesto de ninguna de las dos. Lo que menos necesitaba en esos momentos era el acoso de una veinteañera, y mucho menos otra escenita de celos sin fundamento. Por suerte, al poco rato Marcello anunció nuestra salida hacia el restaurante.

Al Fresco fue el sitio elegido por los novios para disfrutar de la comida tras la ceremonia. Habían reservado la romántica terraza colgada sobre el lago Bracciano, en la que maceteros desbordados de vida convivían con mesas rústicas trayéndonos el sabor de la vieja Italia. Un techado de madera nos protegía de las inclemencias del tiempo y creaba un ambiente íntimo. Decenas de plantas trepadoras en flor inundaban las balaustradas induciendo a la voluptuosidad y, para rematar ese escenario idílico, nos encontrábamos rodeados por unas vistas privilegiadas.

Aunque el alcalde disponía de poco tiempo, se quedó a comer por petición del novio, que continuó ejerciendo de intérprete para nosotros. Los comensales fuimos colocándonos en torno a la mesa con tal fortuna que Eva, sentada entre Fran y yo, se encontró de pronto con la cara de Patricia ante ella. La observé atentamente, pero el hecho no parecía incomodarle en absoluto; pensé que la intoxicación etílica comenzaba a hacer su efecto. Yo no tuve mejor fortuna, pues me tocó en frente la díscola sobrina, aunque tenía la esperanza de que sus avances quedaran anulados bajo la mirada controladora de Carla, que no le había quitado ojo desde que la pillara ofreciéndome su piercing juguetón.

Silverio, dueño del restaurante, era un hombre atractivo y afable de pelo claro que iba ataviado con un delantal blanco impecable como corresponde al chef. Se acercó de inmediato a la mesa a saludar, intercambiando unas palabras con Marcello y Giuliano, a los que ya conocía, y a continuación nos contó pormenorizadamente el menú que había preparado para nosotros. Terminó su disertación prometiéndonos que tras la comida nos invitaría a conocer la fantástica bodega del restaurante, famosa por albergar celosamente más de doce mil botellas. Silverio estuvo de acuerdo con el alcalde en regar el inicio del banquete con un blanco excepcional, Gaia y Rey, un Chardonnay concentrado y profundo que, nos explicó el chef haciendo salivar todas la bocas, encerraba ricos aromas de vainilla, mantequilla fresca y sutiles notas de praliné, convirtiéndolo en un vino intenso, largo, cálido y expresivo. La primera aproximación de aquel líquido a los labios hizo que cerrara los ojos y emitiera involuntariamente un ruidito de placer. Nicoletta me premió con un levantamiento de ceja que por fortuna Carla no llegó a ver. Al momento comenzaron a desfilar por la mesa platos a cuál más exquisito: degustación de fiambres de la tierra, anguilas del lago preparadas al «estilo Silverio», pescados al horno o cocinados con sabrosas salsas, gambas al vapor, tartar de salmón... toda una orgía para el paladar.

Haciendo honor a su nombre, Eva añadió unos grados más a su estado evanescente; Iván y Fran brindaron entrecruzando un guiño íntimo; Marcello y Álex se lo dijeron todo con los ojos; Sara alzó la copa ante Patricia regalándole una mirada qué adiviné interrogante, insegura; y Alejandra bebió de su refresco ajena a todo lo que pudiera enturbiar su felicidad natural. Yo dejé deslizar los delicados sabores por mi boca y busqué conscientemente los ojos de Carla recreándome en la pasión que me provocaba. Estaba intentando con todas mis fuerzas olvidar los terrores de la noche vivida. Ella me correspondió estudiando mi rostro, anhelando leer en él la superación del infierno interior.

La comida fue transcurriendo en armonía, entremezclándose en un abrazo incestuoso el idioma italiano con el español, hasta que Carla puso su mano sobre mi muslo en el mismo instante en que a la insensata Nicoletta se le ocurrió aventurar su pie descalzo entre mis piernas. El corazón me dio un vuelco. Si Carla desplazara la mano un centímetro, se encontraría de lleno con el empeine de la niñata provocadora. Yo no me atrevía a respirar y, para mejorar las cosas, la joven impertinente comenzó a moverlo de manera inequívoca contra mi entrepierna. El bocado que acababa de introducirme en la boca se negaba a bajar por mi esófago. Sin embargo, de forma providencial, el Destino vino a echarme una mano: Patricia se disculpó y se alejó de la mesa para ir al baño. En ese momento Eva se levantó con cierto esfuerzo y comenzó a andar en la misma dirección tambaleándose, visiblemente ebria; había faltado poco para que derribara la silla. Yo me puse en pie de golpe, aprovechando para zafarme de la situación con gran alivio, y me lancé discretamente al rescate. Mientras daba la vuelta a la mesa, percibí cómo Carla intentaba desviar la atención de Sara preguntándole por el plato que estaba degustando, aunque los ojos de esta permanecían clavados en el lugar por el que acababan de desaparecer las dos. Pensé que debía darme prisa si no quería que sucediera un desastre en plena celebración de la boda.

Distinguí a Patricia al fondo del pasillo entrando en el baño sin percatarse de la presencia de Eva a su espalda, que, con un brusco movimiento, la empujo hacia dentro con su propio cuerpo. Eché a correr aunque sabía que era demasiado tarde; me encontré con la puerta en las narices. Agarré el pomo y tiré de él un par de veces con fuerza, pero Eva debió de cerrarla por dentro. Aquello se estaba convirtiendo en una pesadilla. Comencé a golpear suavemente la madera con los nudillos llamando a Eva, procurando ser lo más cauta posible; no quería que ninguno de los que estaban en la terraza, a unos metros al final del pasillo, se enteraran de lo que estaba ocurriendo.

—¡Eva, abre la puerta! —dije intentando no elevar excesivamente la voz.

Para acabarlo de arreglar, vi a Nicoletta avanzando hacia mí por el corredor con una sonrisa malvada en la cara. Lo que faltaba, pensé, poniéndome realmente nerviosa.

—¡Lárgate ahora mismo! —le grité, apuntando hacia ella con un dedo intimidatorio.

El tono de mi frase debió de ser efectista, porque ella puso cara de sorpresa y, dándose la vuelta, emprendió el regreso de inmediato. Me dije que bastante tenía con intentar parar lo que estaba pasando al otro lado de la puerta.

Patricia

No me di cuenta de que Eva se había levantado detrás de mí, y de repente me encontré aprisionada contra los azulejos del baño; me pilló por sorpresa. Procuré no ser demasiado brusca, pues era evidente que había bebido mucho, pero tenía que dejarle clara mi postura una vez más, ya que parecía no haberlo entendido. Me tenía agarrada con firmeza por las muñecas, con una de sus piernas presionando con descaro entre las mías, y su mirada ebria y obsesiva me retaba a escasos centímetros de la cara.

—Dime que tu cuerpo no me echa de menos, que no se acuerda de cómo le he hecho disfrutar... —me susurró, arrastrando las palabras a causa del alcohol y de la excitación. Capté con disgusto el placer que le producía tenerme en aquella postura, a su merced.

—Suéltame, por favor —dije intentando mantener la calma.

No podía creerme que aquello estuviera ocurriendo. Se iba a enterar todo el mundo, pensé con horror. Además, si Sara la había visto salir persiguiéndome, debía de estar histérica. Oí a Mel tras la puerta intentando que le abriéramos.

—Dime que no deseas esto —continuó Eva, ajena a los golpes de su amiga. Liberó una de mis muñecas para bajar la mano hasta mi sexo y comenzó a acariciarme por encima del pantalón.

Aquello era demasiado y noté que empezaba a perder la paciencia. Aproveché el brazo suelto para agarrarla y, de un fuerte tirón, darle la vuelta e inmovilizarla contra la pared. Sabía que mis ojos debían de estar reflejando la furia que me corroía. Estaba casi rozando su cara y ella me observaba con perplejidad sin comprender cómo la situación había virado de forma inexplicable. En aquel momento le hablé en voz baja pero contundente; no quería que Mel me oyera desde fuera.

—Escúchame, no te lo voy a repetir. No me interesa nada de lo que haya podido pasar entre tú y mi cuerpo. ¡Entérate, no era yo! Solo quiero que nos dejes en paz a Sara y a mí, no me lo pongas más difícil. Y haz el favor de comportarte cuando salgamos, porque no quiero que ninguno de nuestros amigos se entere de lo que ha sucedido. No voy a permitir que estropees la fiesta de Álex. ¿Lo tienes claro?

—Sí —contestó Eva al cabo de unos segundos con un hilo de voz. Le había cambiado el color de la cara, estaba blanca.

La solté de inmediato y abrí la puerta, encontrándome a Mel con el rostro desencajado por la preocupación.

—Ocúpate de ella —le dije cortante mientras pasaba a su lado sin detenerme.

Mel

Cuando entré en el baño vi a Eva apoyada en el lavabo con la mirada perdida. Estaba pálida y en un estado lamentable.

—¿Te encuentras bien? —pregunté, sabiendo la respuesta de antemano.

Sin molestarse siquiera en contestar, se dio la vuelta y, como era previsible, vomitó en el inodoro. En aquel instante solo pensé en evitar a toda costa las repercusiones que aquello pudiera tener sobre la fiesta que estábamos celebrando afuera. Esperé a que se recuperara para poder hablar con ella; a mí solía escucharme y esperaba que lo hiciera.

—¿Estás mejor?

Asintió mirando al suelo.

—Refréscate un poco —le dije abriendo el grifo.

Dejó correr un buen rato el agua fría por las manos y las muñecas, se enjuagó la boca y se mojó la cara y la nuca.

—Intenta comer algo y beber agua. Eso te ayudará.

—Quiero irme a casa.

Yo suspiré; no habría más remedio que dar explicaciones a los demás.

—Como quieras. ¿Estás preparada para salir?

—No, pero vamos.

Carla

Me había entrado un cosquilleo de celos cuando Nicoletta se lanzó tras Mel. No la había perdido de vista desde que la pillé provocándola descaradamente, pero intenté controlarme para no alarmar más a Sara. Sin embargo, fue un alivio verla regresar enseguida. Se sentó y me obsequió con una mirada malvada. La hubiera estrangulado. Ya me contaría mi pareja lo que había sucedido, me dije intentando no volver a pensar en ello.

Mel me había referido lo que había estado ocurriendo entre Eva y Patricia, aunque supuestamente esta no sabía nada. Cuando volvió a la terraza pude apreciar la mirada interrogante que le lanzó Sara y la cara impenetrable de Patricia, aunque no me pasó desapercibido el brillo de sus ojos; reconocí la furia en ellos. Se sentó a su lado y comprobé, intentando no ponerme nerviosa, que el resto de comensales charlaba relajadamente sin dar la menor importancia a la repentina desaparición de las tres. Pero yo seguía preocupada. Mel y Eva estaban tardando demasiado y estaba temiéndome una escena desagradable en medio de la celebración.

—¿Va todo bien? —pregunté a Patricia en voz baja para no alertar a nadie. A pesar de mi cautela, mi madre captó mi tono y se volvió hacia mí.

—¿Pasa algo, Carla?

—No —intervino rápidamente Patricia—. Creo que Eva está algo indispuesta. Mel está con ella.

—Ha bebido demasiado y apenas ha comido nada, aunque es comprensible después de todo lo que ha pasado... —dijo Fran excusándola.

—Creo que está comportándose demasiado bien dadas las circunstancias; yo estaría totalmente desquiciado —añadió Iván, defendiéndola también.

Patricia y Sara guardaron un silencio sepulcral, así que decidí intervenir para intentar desviar la atención hacia otros rumbos.

—¿Qué vamos a hacer después de comer? —pregunté cambiando el curso de la conversación.

—Giuliano nos ha preparado una visita al *castello* para rebajar la comida —contestó Marcello—, pero si Eva no se encuentra bien podemos dejarlo para mañana.

—*Sicuro, non c'è problema* —contestó el alcalde.

Al cabo de unos minutos regresaron por fin las dos. En aquel instante, evitando momentáneamente la avalancha de preguntas, apareció Silverio anunciando la llegada de la selección de postres acompañada por un champán magnífico, pero mi madre no se dejó distraer.

—Marcello estaba diciendo que podemos aplazar para mañana la visita al castillo si te encuentras mal, Eva —dijo.

—Ni pensarlo, voy a coger un taxi y vuelvo a la villa a dormir un rato, pero vosotros seguid con la fiesta, no quiero estropearos el día.

—De eso nada, nos vamos todos. Podemos hacerlo mañana si estás mejor —replicó Álex.

—No, por favor, continuad sin mí.

—Deja que se vaya, Álex —terció Mel, mirándola significativamente.

Marcello habló unos segundos con su amigo en voz baja y luego se dirigió a Eva.

—Giuliano me está diciendo que te puede llevar a la villa en su coche. Él tiene que irse ya, pues tiene un compromiso esta tarde.

—Se lo agradezco —contestó Eva.

Observé su cara ojerosa y ausente de color. Esperaba con ansia que Mel me contara lo que había sucedido.

Mel

Eva se despidió de todos pidiendo disculpas y bajé con ella para acompañarla hasta el coche del alcalde.

—¿Seguro que no quieres que vaya contigo? —le dije mirándola a los ojos.

—Ni se te ocurra, necesito estar sola y pensar.

—Como quieras. Cuando volvamos pasaré a verte.

La verdad es que no me quedaba muy tranquila dejándola en aquel estado, pero no podía hacer otra cosa; Eva era muy terca. Minutos más tarde, tras unos cuantos brindis con champán, hicimos la prometida excursión guiada por Silverio al tesoro enológico del restaurante. Fue una maravilla. No pude dejar de sentirme fascinada por el ambiente oscuro saturado de aromas a vino, humedad y madera. Además, fue un privilegio conocer los caldos prodigiosos que guardaba secretamente el magnífico chef en aquel sótano.

Nicoletta parecía haberlo entendido y se mantuvo alejada de nosotras durante toda la visita, cosa que agradecí, pues mis nervios no estaban para tonterías. Por otra parte notaba a Carla en tensión. Estaba segura de que esperaba ansiosa mis explicaciones sobre lo que había pasado en nuestra ausencia de la mesa.

Tras el recorrido por la bodega, Marcello nos dirigió hacia el Castello Orsini Odescalchi, construcción grandiosa que preside el pueblo de Bracciano desde todos sus ángulos. En la Piazza Mazzini, a los pies de la muralla, nos esperaba el guía contratado por Giuliano para enseñarnos la antigua fortaleza. Nos contó que fue construida en el período medieval para proteger de las invasiones sarracenas del siglo x y que ahora se había convertido en un inmenso museo. Atravesando el arco de entrada, Carlo, joven bajito y nervioso con una simpatía natural, nos fue conduciendo estancia tras estancia, a cuál más impresionante, mostrándonos las colecciones de objetos de arte que custodiaban, a la vez que adornaba su paseo con un sinfín de explicaciones en un perfecto español. Yo miraba con admiración a Alejandra, que escuchaba atentamente las palabras del chico asida a la mano de su madre. A pesar de que estaba acostumbrada a dormir la siesta por las tardes, ese día estaba excitadísima con todo. No manifestaba ningún signo de sueño y parecía disfrutar de lo que veía más que cualquiera de nosotros. Nuestra hija no dejaba de sorprenderme. En ese momento mis ojos se perdieron en el cuerpo de Carla. Ese día estaba bellísima y mi tortura aumentaba a cada paso sin que ella lo hiciera a propósito. Sabía que estaba utilizando toda su paciencia y delicadeza conmigo y que evitaba provocarme conscientemente. Intenté centrarme en las explicaciones del guía. Acabábamos de dejar atrás el arco y los amplios recintos de la antigua armería, internándonos en la Sala Papalina encerrada en la torre Norte, cuando me di cuenta de que Sara y Patricia habían desaparecido del grupo. Excepto Carla y yo, nadie se había percatado de su ausencia. Álex y Claudia hablaban animadamente señalando las molduras del techo; parecía que habían hecho buenas migas. El resto estaba centrado en la disertación del joven. Carla me miró haciendo un gesto imperceptible hacia la entrada que acabábamos de traspasar, y entonces me acerqué y le hablé al oído.

—Imagino que Sara la estará sometiendo a un tercer grado después de la escenita con Eva; ya te contaré.

Sara

Ya no podía soportar por más tiempo la incertidumbre. En cuanto constaté que todos habían abandonado la armería, agarré del brazo a Patricia, frenándola, para poder quedarme a solas con ella.

—Espera —le dije en voz baja.

Ella aguardó hasta que vio desaparecer el grupo por el fondo. Me moría por preguntarle qué había sucedido en el restaurante. Ya no sabía que pensar de todo lo que estaba ocurriendo. Por mucho que me dijera que no había pasado nada con Eva, no podía dejar de imaginarlas juntas. Me corroía un sentimiento que nunca había experimentado; estaba loca de celos. Veía a Eva recorriendo centímetro a centímetro su piel, esa piel que yo conocía tan bien y que se estremecía cuando la rozaban mis dedos. No podía quitarme de la cabeza escenas que nunca había visto, pero que intuía y recreaba morbosamente: Eva haciéndole el amor, apropiándose de su cuerpo para darle placer. Me ponía frenética.

—No puedo seguir así, Pat —anuncié con la garganta estrangulada por las ganas de llorar.

—Sara, te lo he contado todo, sabes que nunca te he sido infiel. El hecho de que Eva esté confundida no debe afectarnos; no siento nada por ella, no hay nada en mí que la eche de menos en ese sentido... —me suplicó, más con la mirada que con las palabras, que salían a borbotones de su boca.

—A mí sí me está afectando. Todo esto me supera: posesiones, fantasmas... Ya no estoy segura de nada, ni siquiera estoy segura de mi decisión. A veces pienso que nunca debí dejar Mozambique.

—No digas eso, Sara, por favor, sabes que te quiero más de lo que he querido a nadie. Antes de conocerte no sabía que una vida en pareja podía existir para mí y ahora no la concibo de otra forma.

—No puedo soportarlo —dije rompiendo a llorar.

Patricia me atrajo hacia sí y me abrazó, acunándome contra su pecho. Permanecí un rato aferrada a ella, sin querer pensar en nada más.

—Por favor, no llores, no resisto verte sufrir. Solo te pido que no tomes ninguna decisión por el momento; cuando lleguemos a casa hablaremos, por favor... —rogó. Por el tono de su voz percibí que estaba a punto de derrumbarse.

Me deshice de su abrazo y vi sus ojos inundados. En ese instante tuve que luchar conmigo misma para no pedirle perdón y volver a dejarlo todo como estaba.

—Está bien, a nuestro regreso hablaremos —contesté en voz baja, haciendo el esfuerzo de apartarme de ella mientras me secaba las lágrimas con el dorso de la mano. Si dejaba que me siguiera tocando nunca podría pensar con claridad—. Vamos a volver al grupo, se habrán dado cuenta de que no estamos con ellos.

No nos costó mucho recuperar a nuestros compañeros, que permanecían atentos a las explicaciones que estaba dándoles Carlo acerca de los artesonados del techo de la sala Humberto, llamada así por haber acogido a Humberto I, como le oí contar.

—La decoración está atribuida a la escuela de Antoniazzo Romano —informaba el joven con gesto grandilocuente.

Patricia y yo nos acercamos con sigilo para colocarnos tras Mel y Carla, esperando que los demás pensaran que estábamos allí todo el tiempo.

Mel

Desvié la vista de aquellas molduras ricamente trabajadas en cuanto sentí la presencia de las dos amigas a mi espalda. No escaparon a mi percepción los ojos enrojecidos de ambas. Despacio, comenzamos a movernos hacia la sala siguiente y me fui aproximando con discreción a Patricia para susurrarle por lo bajo.

—¿Todo bien?

Haciendo un gran esfuerzo, dejó aflorar media sonrisa sin responder a mi pregunta y alzó de inmediato la vista hacia el techo; supuse que intentaba no echarse a llorar. Decidí no inmiscuirme y volví despacio al lado de Carla. Algún tiempo más tarde nos encontrábamos ya a punto de salir del castillo para iniciar el regreso a Villa Landi. Claudia y Nicoletta se despidieron de nosotros agradeciéndonos la visita a su tierra. Esta vez la joven tan solo se permitió demorarse un poco más de lo usual en cada uno de los besos que rozaron mis mejillas. Miré a Carla, pero estaba entretenida hablando con la hermana de Marcello, por lo que no pudo ser testigo de la última maldad de la sobrinita. El matrimonio encargado de la finca nos preparó una cena ligera adivinando el festín que Silverio nos había servido durante la comida. Álex y Marcello rehusaron amablemente, despidiéndose de nosotros con sonrisas cargadas de significado. Pensaban encerrarse en la intimidad de su habitación junto a una botella de champán y una bandeja de jugosos fresones. Nada más regresar del castillo, Patricia y Sara se retiraron a su habitación; imaginé que todavía tenían cosas que resolver. Carla y yo nos quedamos junto a Iván y Fran para dar de cenar a Alejandra; ellos eran los únicos que parecían haber vuelto con hambre de la excursión. La pequeña apenas podía cenar, ya que el sueño y el cansancio estaban haciendo mella en ella, así que también nosotras nos marchamos a los pocos minutos sin probar nada de la mesa. Mientras Carla acostaba a la niña, me acerqué a ver cómo estaba Eva y le llevé un plato con unas cuantas cosas de las que nos habían preparado. Escuché sus pasos y no tardó en responder a mi llamada a la puerta.

—¿Cómo estás? —le pregunté una vez dentro de la habitación, observando su cara más relajada.

—Mejor, he dormido un poco.

—Echa un vistazo a lo que te he traído. Deberías tomar algo antes de acostarte.

—Déjalo ahí, ya veremos —respondió señalando una mesita auxiliar.

—Eva, ¿qué te pasa con Patricia? No me irás a decir que te has enamorado...

Ella guardó silencio y se volvió hacia el balcón.

—Eva... —insistí.

—No lo sé, Mel. Ella es lo único a lo que he podido agarrarme para sobrevivir. No es que esté enamorada, para mí el amor solo tiene un nombre: María. Lo de Patricia es... como una adicción, una droga; su cuerpo me reclama, no puedo evitarlo.

—¡Por Dios, Eva!, mira hacia otro lado, tienes que controlarte. Creo que ya tienen bastantes problemas.

—No creas que no lo he intentado. ¡Necesito salir de aquí, Mel, alejarme de ella!

—Nos queda solo mañana, después volveremos a casa —le dije intentando animarla.

—Un día entero jugando a Gran Hermano; será estupendo, justo lo que necesito —soltó con sarcasmo.

—No te preocupes, no te voy a dejar sola ni un minuto, pero tú ayúdame un poco y no te pongas ciega de alcohol, que te vuelves incontrolable.

—¿Y qué otra salida tengo?, ¿tú qué harías? —contraatacó, mirándome a los ojos.

—No lo sé, imagino que lo llevaría mucho peor —contesté con sinceridad.

Eva guardó silencio unos segundos.

—¿Qué planes hay para mañana?, porque creo que voy a quedarme en la villa.

—No hemos hablado de eso; imagino que iremos a Bracciano a comer y a ver el pueblo, pero no creo que debas quedarte, Eva. Todos se preocuparían.

—¡Joder, Mel, sabes que no puedo!

—Descansa esta noche y tómatelo con calma; piensa que te vendrá bien distraerte y no quedarte aquí encerrada. Además, te prometo que no te dejaré acercarte a ella. Carla y yo seremos tus escoltas —dije bromeando para levantarle el ánimo—. Por lo menos dime que lo pensarás.

—Lo pensaré —repitió como una autómata.

—Come algo, te sentará bien. Yo voy a acostarme, ha sido un día muy intenso. Mañana vendré a por ti para ir a desayunar.

—¿Quieres la camiseta? —preguntó señalando hacia la almohada.

—Quédatela un tiempo, te irá bien —dije guiñándole un ojo.

Me acerqué a ella, le cogí ambas mejillas y posé un rápido beso en sus labios.

—Descansa —me despedí.

Mientras bajaba por la escalera, no podía dejar de pensar con angustia en el nuevo reto que me esperaba en la habitación: superar el trauma de la noche pasada y volver a ver a Carla como antes.

Carla

Cuando ella regresó a nuestro cuarto, la aguardaba despierta entre las sábanas. Alejandra dormía profundamente en la pequeña cama que habíamos traído de la habitación de mi madre. Después del largo día sin parar, había caído agotada en cuanto le di el beso de buenas noches. Esperaba con ansia poder hablar con Mel y hacerle olvidar el daño sufrido, aunque sabía que no iba a ser una tarea fácil. Echaba tanto de menos sus besos... Iba a necesitar grandes dosis de amor y tacto para que volviera a confiar en mí y borrara el infierno en el que había estado inmersa.

—¿Cómo está Eva? —le pregunté en cuanto entró.

—Bastante mal. Han disminuido los efectos del alcohol después de haber dormido, pero la veo muy deprimida. Mañana tendremos que arroparla para que no intente emborracharse y por supuesto evitar que se acerque a Patricia.

—Estoy deseando que me cuentes lo que ha pasado durante la comida.

—Imagino que Eva la arrinconó en el baño. Cuando llegué, la puerta estaba cerrada por dentro y no conseguí escuchar lo que decían, pero al rato salió Patricia con cara de pocos amigos. Eva tampoco me contó gran cosa; en cuanto entré a preguntarle se puso a vomitar.

—Pero María ya no estaba...

—Ya, pero ahora se ha obsesionado con Patricia. Ha estado acostándose con ella todo este tiempo y está totalmente confundida.

—Nunca pensé que diría esto, pero me da pena. Debe de estar desesperada.

—Lo está, y creo que tardará en recuperarse, pero Eva es fuerte y podrá rehacer su vida; dudo que tarde mucho en encontrar a alguien. Nunca será como María, pero te aseguro que no le van a faltar candidatas.

—Eso está claro... y ¿qué tal con Nicoletta? —le pregunté, aparentando que no me importaba el tema, aunque los celos me seguían corroyendo absurdamente cuando recordaba la expresión provocativa que le había dedicado.

—Es justo lo que me faltaba este fin de semana, una niñata con ganas de jugar, pero no te preocupes, que la he puesto en su sitio.

—¿Ha intentado algo...? —inquirí sin poder reprimirme.

—No le he dado oportunidad; le grité que se largara en cuanto la vi aparecer por el pasillo, y se dio la vuelta volando. Con lograr que Eva me abriera la puerta ya tenía bastante, no necesitaba más problemas añadidos —me contestó con cara de cansancio.

La observé callada mientras cogía el pijama y se metía en el baño. Me sentí un poco culpable por haberla interrogado con respecto a Nicoletta, ya que era imposible que hubiera pasado nada dado el breve lapso que había transcurrido desde que se fue de la mesa.

Cuando Mel regresó, mis ojos se negaban a despegarse de su cuerpo escasamente cubierto con la camisola de tirantes y el diminuto pantalón de raso blanco. No pude evitar sentir un latigazo de deseo al mirarla. Ya no era una jovencita, pero seguía luciendo un tipo perfecto. Sin embargo, no debía olvidar que había sufrido una agresión terrible; y lo peor de todo es que se la infligió un ser repugnante utilizándome como medio. Sería preciso que la tratara con un mimo exquisito y que me armara de paciencia si quería volver a recobrar a mi amante.

Contemplé cómo se introducía bajo las sábanas a mi lado y recibí dolorosamente el calor que desprendía. Pese al sufrimiento que me infligía la cercanía de su aroma, me obligué a esperar a que se volviera hacia mí sin tocarla.

—¿Puedo abrazarte? —le dije con cautela.

—Por favor, necesito que lo hagas —contestó ella con lágrimas en los ojos.

Mi corazón dio un brinco al ver su expresión de súplica. Le pasé el brazo por debajo del cuello atrayéndola hacia mí, manteniéndola acurrucada contra mi pecho. Acaricié lentamente su cabeza dejando que los dedos se enredaran juguetones entre las mechas. Mel intentaba relajarse, aunque podía palpar la tensión que transmitía. Deslicé con tiento la mano por su espalda y noté que se ponía rígida. Con delicadeza, me entretuve en dibujar formas sobre la tela de seda apenas insinuándome sobre su piel. Pretendía que absorbiera el placer de mis caricias sin sentirse amenazada. Mis yemas fueron captando paulatinamente la distensión que comenzaba a afectar a sus músculos, hasta que conseguí arrancarle un hondo suspiro. Aproximé entonces los labios a su frente, a sus párpados cerrados, construyendo un camino de besos que pudiera seguir para recobrar la confianza, para volver a recibir el amor que guardaba en mi interior. Anhelaba que pudiera hacerse eco de mi deseo sin que el peligro se asomara a su mente. Mel ronroneó a su pesar, alzando un poco la cabeza para venir al encuentro de mi boca. La besé con dulzura, rozándola tan solo, reteniendo las ansias de sumergirme en su sensualidad. Comencé a humedecer la comisura de los labios, recreándome en ellos, aguardando su respuesta. Sus ojos permanecían cerrados. Yo sabía que seguía luchando con imágenes oscuras, pero su boca respondió entreabriéndose dispuesta a acoger más caricias. Mi lengua se ofreció entonces despacio, paseándose con sutileza por el borde de los dientes, recorriendo la suavidad de las encías, su interior jugoso, hasta recibir como una claudicación el abrazo de la suya acudiendo a su encuentro. Se habían rendido las primeras defensas. Sintiendo que me abrasaba viva, evité hacer movimiento alguno que rompiera el equilibrio; ella debía llevar la iniciativa. Seguí demorándome en aquel juego ardiente que me estaba haciendo perder la cabeza, pero Mel tomó las riendas modificando su posición de manera gradual, deslizándose sobre mí hasta cubrirme completamente con su cuerpo. Cada vez me costaba más sujetar el potro desbocado de mi deseo. Sentía el ansia palpitante entre las piernas pero luché contra mi excitación para continuar manteniéndome pasiva, a la espera de un nuevo avance. Sin mover un solo músculo, podía oír con claridad los latidos desenfrenados de mi corazón. Mi organismo exigía de forma imperiosa una satisfacción que no llegaba. No obstante, conseguí dominar el instinto que me impelía a acoplarme a sus caderas y dejarme arrastrar por el placer que amenazaba con explotar sin pedir permiso. Ofuscada en mi control, no me esperaba el arranque de Mel. Introduciendo su mano entre mis piernas, pasó su dedo corazón por la tela empapada de mi tanga de raso. Acusé la caricia como si hubiera recibido una descarga eléctrica, y mi pelvis ascendió automáticamente buscando intensificar aquel roce doloroso; un espasmo involuntario contrajo las paredes de mi vagina obligándome a emitir un gemido ahogado, gutural.

Mel

Pude registrar el anhelo que desprendían sus ojos, gritándome una y otra vez una súplica muda: ¡por favor!, me rogaban, no pares... Reconocí en aquel instante a la Carla de siempre y me di cuenta de sus esfuerzos por no herirme con su fogosidad, con la furia desatada de su deseo. Entonces descendí hasta su vientre comenzando a acariciar la zona que se insinuaba hinchada a través del raso, capturando la colina sobresaliente, provocadora, entre mis labios. Aquel simple roce por encima de la tela, que me estaba haciendo perder el control a mí misma, fue el detonante que la empujó hasta el éxtasis. Convulsionó arqueando su cuerpo, emitiendo un sonido largo, enronquecido, amortiguado por el temor de despertar a Alejandra, mientras yo la sujetaba entre mis brazos sin soltar la presa de mi boca ávida. En ese momento me embargó una sensación de liberación al ser consciente del placer completo de Carla. Sabía que había dado un paso enorme, aunque no tenía claro si sería el definitivo. Ella fue recuperándose aferrada a mi cuerpo; yo busqué sus ojos y me embriagué con su mirada velada por el goce.

—Te amo —me susurró.

—Y yo a ti.

Recobrado el resuello, empezó a recorrerme despacio la línea del cuello donde se percibía el latido, descendiendo por mi hombro con exquisita dulzura, utilizando tan solo las yemas para trazar el contorno de mi brazo y resbalar por el codo hasta alcanzar el dorso de la mano que descansaba sobre el abdomen. Cerré los párpados sabiendo lo que ella quería de mí, aunque no estaba segura de poder dárselo. Me concentré en absorber las sensaciones placenteras dejando la mente en blanco para intentar no bloquearme; temía que en cualquier momento la música terrible comenzara a atronar en mi cabeza. La voz de Carla susurraba al oído mi nombre repitiendo una y otra vez que me amaba. Supe apreciar la forma en que se demoraba en la siguiente caricia, tanteando mi reacción. Me besó levemente en los labios mientras sus dedos se deslizaban perezosos por la cadera sin llegar a rozar mi sexo. Agradecí su esfuerzo; ella esperaba a que yo se lo pidiera, no quería arriesgarse. Se apartó un poco, tomó sutilmente el borde de mi camisola y la subió hasta el cuello, dejando al descubierto mis senos, que sentía involuntariamente erectos, punzantes. Entonces se inclinó sobre mí echándose el pelo hacia adelante para comenzar a acariciar mi carne sensible con su melena sedosa. Aquello no me lo esperaba; su improvisación había desactivado momentáneamente mis defensas y ella se vio recompensada con los primeros estremecimientos de mi piel, que empezaba a dejarse llevar apartando a un lado los temores. Sus hebras suaves fueron sensibilizando mis terminaciones nerviosas desde el pecho hasta la cintura, descendiendo por los muslos para regresar en un paseo lento, voluptuoso, que llegó a su fin cuando nuestras bocas volvieron a encontrarse, entregadas a una sensualidad hambrienta. Tras aquel beso, Carla no apartó sus ojos de los míos, pidiéndome en silencio permiso para continuar. Esta vez las yemas de sus dedos fueron más allá, introduciéndose bajo el pantalón de raso para alcanzar el centro de mi placer con delicadeza.

—¿Te duele? —me preguntó en un susurro.

—No —respondí tragando saliva. Sentía mis nervios alerta, pero me estaba volviendo loca de deseo; mi cuerpo se moría por alcanzar el final.

—Mírame, cariño, soy yo, y te quiero —insistía Carla con voz acaramelada, mientras continuaba acariciándome sabiendo que me hacía olvidar el resto del mundo.

Me dejé arrastrar por el ritmo de sus dedos, por la cadencia de su voz, hasta que todo se nubló alrededor obligándome a aferrar su espalda entre sollozos ahogados por el placer. Finalmente había conseguido entregarme a ella. Mi dolor se derramó sobre su hombro mojándole la piel y me vacié para siempre de mi infierno interior. Carla me mantuvo abrazada hasta que el llanto fue apagándose y pasó, poco a poco, a convertirse en un sonido sofocado, en una respiración cada vez más relajada que comenzaba a sumergirme en un sueño sanador.

Carla

El día siguiente a la boda amaneció ocioso, esparciendo pereza a través del aire, de las hojas. La indolencia ascendía lentamente desde el suelo para apoderarse de nuestras voluntades. Tenía la certeza de que esa mañana a todo el mundo le costaría decidirse a abandonar la cama. Eran más de las diez cuando Mel se fue a recoger a Eva, como le había prometido. Yo me demoré un tiempo entre las sábanas jugueteando con Alejandra, que ya demostraba su energía intentando sacarme de la laxitud placentera en la que me hallaba sumida. Mientras ella reía al no poder defenderse de mis cosquillas, yo sonreía satisfecha recordando mi victoria sobre los fantasmas de la mente de mi pareja. Había conseguido recuperarla. Al cabo de un rato, haciendo un esfuerzo enorme, decidí ponerme en movimiento; Eva y Mel nos estarían esperando. Minutos después nos encontramos con ellas en el comedor, donde Remo y Anna tenían preparado el desayuno. Como había intuido, aún no había bajado nadie más. Eva parecía tener mejor cara que el día anterior, el descanso le había sentado bien. Mel estaba maravillosa. Sus ojos devolvieron al instante la caricia de los míos y pude ver reflejada de nuevo la entrega sin condiciones. Tras hacer los honores a lo dispuesto por el matrimonio encargado de la finca, salimos a dar un paseo por los jardines al constatar que el resto seguía resistiéndose a hacer acto de presencia. Mel corría entre los árboles persiguiendo a la niña, que iba dando brincos y grititos cada vez que ella se acercaba simulando alcanzarla. Yo me quedé rezagada a propósito para hablar con Eva.

—¿Cómo te encuentras hoy? —le pregunté con tiento.

—Bien —contestó en tono seco.

—Mel me lo ha contado.

—Ya me imagino.

—Quiero que sepas que no te juzgo.

Eva me miró durante un segundo.

—Eso es muy inteligente por tu parte —soltó ácida apartando la mirada.

—No uses tu sarcasmo conmigo, sabes que nos tienes tanto a Mel como a mí para lo que quieras —le dije sinceramente.

—Lo siento —contestó mirando al suelo con las manos apretadas dentro de los bolsillos del pantalón. La punta de su zapato comenzó a hacer círculos en la tierra.

—Mira, Eva, si te dijera que sé por lo que estás pasando mentiría, pero vamos a intentar que no te hagas más daño; no te apartes de nosotras y aguanta lo que puedas. El día pasará rápido y mañana podrás alejarte de ella y empezar a ver las cosas de forma diferente.

—Sí, eso va a ser facilísimo, sobre todo trabajando en el mismo bufete y cruzándonos varias veces al día en el pasillo.

—Creo que Patricia procurará no coincidir mucho contigo, por lo que me ha contado Mel.

—No sé, Carla, me estoy planteando pedir unas vacaciones largas y marcharme a algún sitio sola. Incluso he llegado a pensar en irme del despacho.

—Lo de las vacaciones parece mejor idea.

—Ya —contestó pensativa sin sacar las manos de los bolsillos.

Me sorprendí sintiendo ternura hacia ella por primera vez desde que la conocía; nunca la había visto con tal aspecto de niña desamparada. Aunque Mel me había contado la escena del día en que murió María, ni siquiera en su despedida había mostrado el menor signo de debilidad, enfundándose la coraza que la protegía de las miradas exteriores. Se escondía tras ella como lo hacía tras sus opacas gafas de sol. Eva siempre había potenciado su imagen de mujer dura, pero las personas que estábamos cerca conocíamos la sensibilidad que siempre se había esforzado en ocultar. Desde fuera había sido muy patente el contraste que representaban como pareja; María era conciliadora, tierna, y Eva se presentaba ante los demás como fuerte y ocurrente, rayando casi en borde. Sin embargo, ninguna de las dos había podido engañar a nadie que se aproximara el tiempo suficiente; una tenía un halo dulce indiscutible pero a la vez había sabido ser sexy y provocadora; la otra escondía tras su agresividad el miedo a revelar sus debilidades, y la más grande de todas siempre había sido María

Poco antes de las doce empezaron a aparecer los demás. Mi madre y Marcello fueron objeto de los comentarios más mordaces por parte de todos al llegar los últimos con aspecto innegable de haber pasado una noche efervescente. Nos acercamos a Bracciano repartidos en dos coches: el de Marcello, que conducía él mismo, en el que subieron mi madre, la pequeña Alejandra, Iván y Fran, y el coche que nos prestó Remo, conducido por Mel, en el que íbamos Eva, Sara, Patricia y yo. Fue una situación bastante incómoda. Aunque yo me empeñé en sentarme detrás y ceder el asiento del copiloto a Eva, un silencio palpable acompañó nuestro breve recorrido hasta el pueblo. Esta vez Marcello había elegido para comer un restaurante local a los pies del castillo, en la misma Piazza Mazzini, llamado Ristorante Vino e Camino, donde pudimos degustar la *porchetta*, lechón relleno típico de la zona, acompañada de los *tortorelli* al *funghi porcini*, así como el cabrito con tomates, cerezas, aceitunas y cebollitas; por supuesto todo ello regado con vino de la zona de Castelli Romani. Si esto seguía así tendría que plantearme volver al gimnasio, pensé tras el copioso banquete. Por fortuna, pudimos rebajar la comida con un paseo por Bracciano que propuso Marcello y que nos dejó encantados a todos. Disfrutamos sobremanera de las historias que compartió con nosotros amarrado a la cintura de su recién estrenada esposa. En cada rincón nos aguardaba una sorpresa, un relato aderezado con las anécdotas de su niñez por aquellas calles. Nos enseñó el emplazamiento donde había estado ubicada su antigua escuela. Observamos con cariño el parque donde se reunía asiduamente con sus compañeros de correrías para ver proyectadas, sobre la pared encalada de un viejo inmueble ahora derruido, cientos de películas a lo largo de decenas de veranos. Tuvo un recuerdo emotivo al mostrarnos el edificio donde había vivido su mejor amigo, Vincenzo, fallecido hacía un tiempo. Y en la Vía Agostino Fausti nos mostró la vetusta casa, todavía en pie, donde nació y creció el propio Marcello y que fue su hogar hasta que se trasladó a la villa.

La jornada resultó mucho menos espinosa de lo que Mel y yo habíamos temido. Eva, a pesar de beber bastante durante la comida, se mantuvo más huraña que otra cosa, abandonando toda actitud de acoso hacia Patricia. Esta, por su parte, intentó conservar durante la excursión cierta distancia con nosotras sin separarse ni un minuto de Sara. Las caras de las dos no auguraban nada bueno. A la vuelta a casa, Marcello sugirió a Remo y Anna que prepararan una cena ligera en el jardín junto a la piscina, al aire libre, con el magnífico escenario del lago al fondo. Mi nuevo padrastro remató el día contándonos el antiguo rito que se representaba cada dieciocho de agosto en Bracciano. Los habitantes hacían emerger del lago la imagen de un Cristo blanco y la paseaban en procesión por el pueblo para, seguidamente, volver a sumergirla a doce metros de profundidad, donde aguardaría hasta la misma fecha un año después. De hecho, explicaba Marcello, el resto del tiempo se podía contemplar a la perfección la figura blanquecina bajo el agua transparente.

—¿Sabes cuál es el origen de esa tradición? —preguntó Fran.

—En realidad, no; es algo asumido por el pueblo desde siempre. Imagino que tiene como objetivo pedir el favor del Cristo para conseguir una pesca abundante, principal sustento de la población desde la antigüedad.

Tras su relato, la velada pareció deslizarse como una seda a través de la paz de Villa Landi, que se acompasaba a la relajación imperante en aquella noche calurosa. Iván se dio un baño en la piscina y, sin poder evitar una sonrisa, tuve la oportunidad de seguir el recorrido de los ojos de

Fran, que se desviaban inconscientemente de su conversación con Marcello para pasearse, de cuando en cuando, por los músculos cincelados de su pareja. Patricia y Sara habían sido las primeras en retirarse, seguidas al poco tiempo por Eva. Por motivos que eran obvios para Mel y para mí, ninguna de las tres pareció tener ganas de alargar su estancia en el grupo. Mi madre conversaba al otro lado de la mesa con Mel mientras yo me dedicaba a bostezar con disimulo, sujetando a Alejandra, que dormía plácidamente en mi regazo. El día había sido muy intenso y todos nos encontrábamos cansados, aunque los que quedábamos en el jardín seguíamos ávidos de apurar las últimas horas de aquel fin de semana. A mi madre y a mí nos costaba hacernos a la idea de estar otra vez tan lejos una de la otra. Desde mi mayoría de edad yo había residido en París y tras mi regreso tan solo pudimos convivir en la misma ciudad poco más de dos años. Aquella noche en Bracciano ninguna de las dos encontraba el momento de dar por finalizada la reunión. Mientras ella charlaba con Mel, yo observaba su rostro y me decía a mí misma cuánto la iba a echar de menos.

Mel

Tuvimos que salir temprano hacia Fiumicino, ya que nuestro vuelo partía a primera hora de la mañana. Marcello llamó un taxi y él y Álex nos acompañaron con su coche. Ella sabía que yo odiaba las despedidas, pero aun así no quiso evitarme los abrazos emotivos; tenía claro cuánto iba a extrañar su apoyo y sus broncas.

—Alejandra crece tan deprisa... —se quejaba Álex con los ojos enrojecidos mientras abrazaba a su hija.

—Nos vamos a ver pronto. Nos habéis prometido que nos visitaréis en Navidad... —dijo Carla tragándose el nudo de su garganta.

Al fin tuvimos que separarnos de ellos y embarcar en el avión. El vuelo transcurrió en silencio, sin incidentes, en medio de una calma que delataba el cansancio y la necesidad de digerir las confusas experiencias vividas. Nuestras miradas atravesaban ociosas las ventanillas perdiéndose entre las nubes. Imaginé que todos los pensamientos coincidirían en un mismo punto: la sensación de habernos alejado de nuestros caminos rutinarios mucho más tiempo que los cuatro días que compartimos junto al lago Bracciano.

A nuestra llegada cada uno de nosotros se adentró en su hogar con los recuerdos de aquel intenso fin de semana y nuestras vidas a cuestas. Puesto que Iván y Fran no sabían nada de lo ocurrido entre Eva y Patricia, la despedida entre ellas fue un alarde de discreción; no hubo abrazos efusivos pero tampoco miradas suspicaces. Nos separamos en el mismo aeropuerto y Carla, Alejandra y yo acompañamos a Eva a su casa. La niña, Carla y yo entramos con Eva hasta el salón para hacerle más fácil su retorno.

—¿Por qué no vienes con nosotras a comer? —le propuse. Se me caía el alma a los pies al imaginarla sola entre aquellas paredes.

—Gracias, pero no. Debo enfrentarme a todo esto —contestó con determinación.

—Vale, pero llámanos cada vez que nos necesites.

—Lo haré —contestó, dejándose abrazar con desgana. De repente se separó y pareció recordar algo—. El cuadro...

Las dos nos miramos un instante y echamos a andar decididas hacia el estudio, con Carla y la niña siguiendo nuestros pasos. En cuanto traspasamos la entrada de aquella habitación, advertimos que alguien había retirado premeditadamente las cortinas hacia los lados. La estancia estaba iluminada por la luz que se colaba a raudales a través del amplio ventanal. Un impacto silencioso nos sacudió a todas: delante de nuestros ojos, abarcando la pared del fondo, el cuadro completamente terminado se abría ante nosotras como una puerta que parecía empujarnos a atravesar la tela. Era una invitación para adentrarnos en ese otro mundo reflejado. El cielo azul turquesa relucía limpio, sin una sola nube; la arena era finísima, impoluta, y casi nos permitía distinguir cada grano por separado. El mar, que exhibía su mejor verde esmeralda de aguas cristalinas, venía hacia nosotras exaltado en olas rompientes contra la playa y alcanzaba nuestros pies con una espuma blanca, viva.

Y en primer plano, ella. Su pelo castaño ondeaba a un lado revuelto por la brisa; el cuerpo, bronceado y húmedo, iba cubierto por un etéreo vestido blanco que se acoplaba voluptuosamente a sus curvas por efecto del viento y las salpicaduras del mar. Un tirante caía con indolencia dejando al descubierto el sedoso hombro. Los pies descalzos permanecían firmemente hundidos en la arena cálida. La mano izquierda reposaba sobre su pecho a la altura del corazón mientras el brazo derecho se extendía hacia delante, con la palma vuelta hacia arriba ofreciendo el tacto de sus yemas. Pero lo más estremecedor eran los azules ojos que nos reclamaban con una mirada directa, resplandeciente, revelando la paz de su alma.

Alejandra, sin decir ni una palabra, se desasió de su madre acercándose con pasitos cortos y lentos hacia el cuadro. En cuanto estuvo a la distancia justa, extendió su brazo y rozó con sus diminutos dedos la mano que se le ofrecía. No pudimos evitar que por nuestras mejillas comenzaran a rodar las lágrimas al advertir el brillo exacerbado que adquirió de repente el iris azul de María.

Amanecer

Un tímido rayo de sol comenzó a lamer la sábana y continuó ascendiendo, curioso, hasta acabar paseándose sobre el hombro desnudo y el largo mechón rizado y cobrizo que lo envolvía en parte. Al instante se entreabrió un ojo azul para deleitarse en la penumbra con el rostro moreno que dormía plácidamente a su lado, como un bebé. Tomó aire varias veces para tranquilizarse; todavía podía sentir la angustia atenazándole el corazón. María resistió el impulso de acariciar a Eva retirando con dulzura el pelo de su frente; no quería despertarla. Con sumo cuidado se levantó de la cama y fue hasta el estudio cerrando la puerta tras ella. Observó con mirada febril la enorme tela blanca que colgaba sujeta a la pared en el fondo de la estancia; un amago de mar se adivinaba a lo lejos, insinuándose el perfil de una mujer en primera línea del paisaje. Se quitó la camiseta húmeda por el sudor, colocándose la manchada camisa que había permanecido tirada desganadamente en una silla al lado del escritorio y se puso manos a la obra. Comenzó a pintar sumida en un trance frenético. Ahora sabía cómo terminarlo.

Mucho más tarde Eva entreabrió los párpados, cubriéndolos de inmediato con el brazo como respuesta a la potente luz que entraba por la ventana. El sol debía de estar ya alto. Instintivamente se volvió hacia el otro lado de la cama, comprobando que estaba sola; la ansiedad la asaltó de repente, revolviéndole el estómago. El pijama empapado era señal de que había sudado profusamente. Se levantó luchando contra el terror a lo que podía encontrarse y fue con paso vacilante hacia el salón. Notaba todavía las piernas temblorosas, pero se obligó a asomarse a la realidad. Su mirada se topó de lleno con la de María que, sentada en el sofá, la contemplaba en silencio. Llevaba puesta su camisa de trabajo, todavía más manchada de pintura que de costumbre, y permanecía extrañamente relajada contra el respaldo con la apariencia de estar desfallecida. Los ojos de ambas supieron reconocerse como si se encontraran después de muchos años y las dos reaccionaron al unísono corriendo una hacia la otra. Hubo de transcurrir bastante tiempo hasta que fueron capaces de despegarse de aquel abrazo que expresaba un alud de emociones. Cuando consiguieron separarse, se observaron nuevamente sin acabar de creérselo.

—He tenido una pesadilla horrible... —comenzó a decir Eva, que fue interrumpida por los suaves dedos de María sobre sus labios.

—Ven —dijo, agarrándola de la mano para llevarla hasta el estudio.

La mirada de Eva se elevó hacia el lienzo, que recordaba con detalle. Contempló absorta, sin atreverse a respirar, cada línea perfecta, cada átomo de aquel retrato magnífico que volvía a reclamarla como lo había hecho en el sueño; la figura del cuadro extendía su mano hacia ella invitándola a entrar...

—¿Qué está pasando?

—No lo sé —contestó María asiéndola por la cintura—, pero me alegro de haber despertado.

La guió despacio hasta el borde del escritorio, abrió el cajón y sacó una hoja, sujetándola ante el semblante atónito de su pareja.

—¡Dios mío! —exclamó Eva con el corazón en un puño; el dibujo a carboncillo la miraba con ojos glaciales.

—¿Ha acudido ya al bufete? —preguntó María aparentemente serena.

—Tiene cita la semana que viene —dijo Eva aferrándose al borde de la mesa con fuerza.

—Pues habrá que tener cuidado... Esto parece una señal, cariño.

—Una locura, eso es lo que es. No entiendo nada, María, pero me estoy acojonando.

—No nos preocupemos por el momento. Ahora sabemos lo que hay que hacer, ¿verdad?; llevamos ventaja... —dijo, poniéndole una mano en la cintura y tirando de ella para acercarla al calor de su cuerpo.

—¡Pero ese tío es un psicópata! —replicó Eva, soltándose nerviosa de su abrazo.

—Sí, cariño, pero ahora lo sabemos —insistió con suavidad, volviendo a asirla de la mano.

—Mira, yo lo único que sé es que voy a anular inmediatamente la cita con mi clienta. No quiero ver a ese animal.

—Espera, Eva. En el caso de que esto sea un aviso, no creo que podamos eludir nuestro destino, aunque sí podemos intentar modificarlo.

—Pues yo creo que la mejor forma de modificarlo es evitar todo contacto con ellos.

—¿Sabes qué vamos a hacer? Arreglarnos ahora mismo e ir a la comida que tenemos con Álex y Marcello. Ya hablaremos de esto con más tranquilidad —sentenció María, pretendiendo dar un tono desenfadado a sus palabras. Depositó un rápido beso en los labios de Eva y se dirigió al cuarto de baño, dando por zanjada la conversación.

María cerró la puerta y apoyó la espalda contra ella apretando los párpados. El pánico le contraía el estómago provocándole náuseas, pero no podía dejar que Eva se diera cuenta. No tenía ni idea de cómo se iba a librar de aquello.

A la hora convenida de ese sábado, las dos entraron en el restaurante de Fabrizio para encontrarse con Álex y Marcello. Las habían invitado a comer junto con el resto de sus amigos para comunicarles algo importante. Fueron aproximándose a la mesa donde ya estaban sentadas Patricia, Sara, Mel y Carla, que sostenía a Alejandra en su regazo. En cuanto la niña descubrió a la pareja, se escurrió de los brazos de su madre y corrió hacia las dos trotando de júbilo, para acabar fuertemente abrazada a las piernas de María. Esta sintió que el corazón le daba un vuelco: Alejandra nunca la había recibido tan efusivamente. Alzó un momento la mirada para descubrir las caras de estupor de las personas sentadas a la mesa. Incluso pudo ver cómo Mel observaba el vello erizado de su brazo con aprensión.

—¡Estás aquí! —gritó la pequeña con toda la ternura del mundo, procurando abarcar sus piernas con los bracitos diminutos.

—No me digáis que todos... —comenzó a decir María, sin poder terminar la frase.

El silencio fue la respuesta más elocuente, acompañado por las miradas de incredulidad que compartieron unos con otros.

María confirmó en ese momento que la señal no había sido enviada únicamente a ellas dos: allí había ocho personas contemplándose visiblemente turbadas. Sus semblantes revelaban lo que nunca se habrían atrevido a contar. Levantó a la niña en brazos y la apretó contra su pecho, besándola con afecto.

—Cariño, todo ha sido un sueño —le dijo, paseando la vista de manera pausada por los rostros conmocionados de sus amigos, al tiempo que sentía un escalofrío recorriendo su espina dorsal.

—¿Quieres decir que... todos hemos soñado lo mismo? —preguntó Sara con voz temblorosa.

—Eso parece —dijo Eva mirando a Patricia instintivamente, para apartar de inmediato la cara con un sonrojo inusual en las mejillas.

Fabrizio apareció en aquel momento con su energía de siempre interrumpiendo la extraña escena.

—¿Ya están todos, señores?

—No, Fabrizio, aún faltan dos —contestó María con una sonrisa.

—No hay problema, unos minutos más —dijo, y volvió hacia la cocina.

—¿Qué está pasando? Todo esto me da pánico... —exclamó Álex mirando a Eva en busca de una respuesta. Marcello le agarró la mano con gesto protector.

—No lo sé, Álex —contestó, apartándose de forma nerviosa el flequillo.

—Bueno, lo mejor será que pongamos en común lo que hemos soñado todos aunque sea un poco incómodo, pero habrá que encontrar alguna explicación —terció Mel mirando a María.

Antes de que esta pudiera intervenir, la voz de Fran desde la puerta hizo que todos se volvieran hacia allí. Iván y él se acercaron a la mesa con una expresión de asombro en el rostro.

—No vais a creer lo que nos ha pasado esta noche. Los dos hemos tenido la misma pesadilla horrorosa.

Eva soltó un taco sin poderse controlar.

—Creo que podemos hacernos una idea bastante clara, Fran —dijo Mel con tono de cansancio mientras se sujetaba la cabeza entre las manos con los codos apoyados en la mesa.

El lenguaje corporal que acompañó a sus palabras hizo que la pareja enmudeciera durante breves segundos. No entendían qué había querido decir su amiga.

—¿Qué pasa? —preguntó Fran con preocupación, observando sus semblantes.

—¡Que todos hemos tenido el mismo maldito sueño! —soltó Eva con un bufido.

—No puede ser... —balbuceó Iván, poniéndose todo lo blanco que su piel le permitía.

—Pues parece ser que sí, incluso Alejandra —dijo Patricia señalando con la barbilla a la niña mientras se echaba hacia atrás en su asiento.

—No nos pongamos histéricos. A ver, Eva, ¿conoces al hombre del sueño? —intervino Mel.

Eva se dejó caer pesadamente en su silla. María la imitó, y subió a la niña sobre sus piernas.

—Sí —contestó al cabo de unos segundos.

—¿Y?

—Su mujer es clienta mía; la semana que viene tenemos una reunión con su abogado para llegar a un acuerdo.

—Esto no me gusta —dijo Iván con cierto temblor en la voz—. Un amigo tuvo un sueño igual de extraño y luego...

Calló de repente.

—¿Y luego qué? —le apremió Eva.

—Se cumplió todo.

El silencio en la mesa se hizo denso como alquitrán; ninguno de ellos se atrevía a decir en voz alta lo que estaba pensando. De improviso, la persona que menos podían sospechar intervino rompiendo el clima claustrofóbico que se había formado: Alejandra se volvió hacia María, agarró con la manita el borde de su mentón y la miró sonriente.

—No te pongas triste, ¡el teléfono va a sonar! —soltó, como si fuera la cosa más natural del mundo.

El asombro de todos ante las palabras de la niña se tornó en auténtica perplejidad cuando la música de un móvil rasgó el silencio con estridencia. Eva observaba el aparato sin atreverse a tocarlo mientras este se desplazaba por la mesa a causa de la vibración.

—¡Contesta! —gritó Mel, ansiosa.

Agarrándolo como si quemara, lo colocó aprensiva junto a su oído y susurró un débil «diga». Todos estaban pendientes de las reacciones de su rostro. Mientras Eva escuchaba a su interlocutor y a medida que transcurrían los segundos, sus ojos parecían salirse de las órbitas.

—Lo siento, el lunes hablaremos —dijo por fin con un hilo de voz antes de colgar.

Se dio cuenta de que varias miradas expectantes la atravesaban, pero estaba tan conmocionada que no era capaz de articular palabra.

—¿Quién era? —preguntó Carla sin poder esperar.

Eva tardó unos instantes en asimilar lo que acababa de oír. Sabía que tenía que contarlo, pero estaba decidiendo por dónde empezar. Todavía no se lo podía creer.

—¡Eva! —gritó Mel.

—Era la clienta de la que os he hablado —contestó, por fin, tomándose unos segundos antes de continuar—. Ayer el marido intentó matarla pero llegaron a tiempo. Parece ser que tuvieron una discusión por teléfono y ella avisó a la policía temiendo lo que podía ocurrir.

Eva volvió a hacer una pausa, todavía incrédula.

—¡Continúa! —insistió Mel.

—Cuando él llegó a casa, la policía le estaba esperando. Hubo un tiroteo y... está muerto.

Un silencio revelador se esparció por la mesa. Todos parecían estar preguntándose si aquello sería realmente el final, cuando la voz de Fabrizio volvió a interrumpir el insólito momento.

—¿Ya están todos? —preguntó.

—Todos menos uno, pero ese no va a venir —contestó María con los ojos brillantes. Alejandra sonrió haciendo un gesto de negación con la cabeza—. Puedes sacar tu mejor vino siciliano, Fabrizio, tenemos mucho que celebrar.

María se volvió hacia Álex y Marcello sin poder ocultar la emoción en la voz.

—¿Nos vais a contar ya el motivo de esta reunión? Aunque creo que todos lo conocemos...

FIN

Títulos de la Colección Salir del Armario

En otras palabras
Claire McNab

Pintando la luna
Karin Kallmaker

Con pedigree
Lola Van Guardia

Diario de Suzanne
Hélène de Monferrand

Nunca digas jamás
Linda Hill

Los ojos del ciervo
Carlota Echalecu Tranchant

La fuerza del deseo
Marianne K. Martin

Almas gemelas
Rita Mae Brown

Un momento de imprudencia
Peggy J. Herring

Plumas de doble filo
Lola Van Guardia

Vértices de amor
Jennifer Fulton

La mujer del pelo rojo
Sigrid Brunel

Si el destino quiere
Karin Kallmaker

Historia de una seducción
Ann O'Leary

Un extraño vino
Katherine V. Forrest

El secreto velado
Penny Mickelbury

Un amor bajo sospecha
Marosa Gómez Pereira

Un pacto más allá del deseo
Kristen Garrett

La mansión de las tríbadas
Lola Van Guardia

Ámame
Illy Nes

Hotel Kempinsky
Marta Balletbó-Coll / Ana Simón Cerezo

Dime que estoy soñando
Jane Jaworsky

La abadía
Arancha Apellániz

Otras voces
VV. AA.

Palabras para ti
Lyn Denison

Taxi a París
Ruth Gogoll

Secretos del pasado
Linda Hill

Ese abrazo que pretendía darte
Karin Kallmaker

Un buen salteado
Emma Donoghue

Date un respiro
Jenny McKean-Tinker

Esperándote
Peggy J. Herring

Allí te encuentro
Frankie J. Jones

Placeres ocultos
Julia Wood

Una cuestión de confianza
Radclyffe

El vuelo de los sentidos
Saxon Bennett

No me llames cariño
Isabel Franc / Lola Van Guardia

La sombra de la duda
J.M. Redmann

Punto y aparte
Susana Guzner

Amor en equilibrio
Marianne K. Martin

Cartas de amor en la arena
Sharon Stone

Dame unos años
Lais Arcos

Algo salvaje
Karin Kallmaker

Media hora más contigo
Jane Rule

La vida secreta de Marta
Franca Nera

Honor
Radclyffe

Encuentro en la isla
Jennifer Fulton

Rápida Infernal y otros cuentos
Jennifer Quiles

Alma mater
Rita Mae Brown

La otra mujer
Ann O'Leary

Sexutopías
Sofía Ruiz

La vida en sus ojos
Deborah Barry

Una aupair bollo en USA
Asia Lillo

Vínculos de honor
Radclyffe

La danza de los abanicos
Carmen Duarte

Yocasta
J.M. Redmann

Cuando la piel no olvida
Katherine V. Forrest

Después de todo
Karin Kallmaker

Una noche de verano
Gerri Hill

Así debería ser la vida
Diana Tremain Braund

Las estrategias del amor
Selyna Malinky

Mi exaltada siciliana
Isabel Prescolí

Las líneas del deseo
Radclyffe

Sólo por esta vez
K.G. MacGregor

Una canción para Julia
Ann O'Leary

Por amor
S. Anne Gardner

Éxodo al paraíso
Helen Ruth Schwartz

La bailarina de las sombras
Manuela Kuck

Ven a buscarme
Julie Cannon

La salvaje
Lyn Denison

Amor y honor
Radclyffe

Por primera vez
Geovanna Galera

Una isla para dos
Ruth Gogoll

Sex
Beatriz Gimeno

Tras el telón de pino
Gerri Hill

La confluencia entre Ley y Deseo
J.M. Redmann

El contrato. Una isla para dos II
Ruth Gogoll

Cheque sin fondos
Peggy J. Herring

Primer Impulso
JLee Meyer

Café Sonata
Gun Brooke

10 días para G
Cristina Vigo

Inolvidable
Karin Kallmaker

Una aparición inesperada
Thais Morales

Liszt tuvo la culpa
Isabel Prescolí

En aguas profundas
Karin Kallmaker & Radclyffe

No voy a disculparme
Mila Martínez

Las hijas ausentes
J.M. Redmann

Las chichas con las chicas
Varias Autoras

Foco de deseo
Kim Baldwin

Hasta la eternidad
Vanessa Cedrán

13 horas
Meghan O'Brien

Atrévete
Larkin Rose

Mi querida diablo lleva zancos
Anna Tortajada

Guardias de honor
Radclyffe

Tras la pared
Mila Martínez

Amor para acompañar
Tracey Richardson

Tocando tierra
Emma Donoghue

Sólo un negocio
Julie Cannon

No imagino otra vida
Shamim Sarif

Caparazones
Yolanda Arroyo Pizarro

Cruce de pistas
Rachel Spangler

Son sus besos
Elizabeth Dean

Ajuste de cuentas
Gabrielle Goldsby

Honor reivindicado
Radclyffe

Tan cerca, tan lejos
Georgia Beers

El jardín oscuro
Jennifer Fulton

Autorretrato con mar al fondo
Mila Martínez